奎文萃珍

# 紫釵記

［明］湯顯祖 撰

文物出版社

**圖書在版編目（CIP）數據**

紫釵記 / (明) 湯顯祖撰. -- 北京 : 文物出版社,
2022.3
（奎文萃珍 / 鄧占平主編）
ISBN 978-7-5010-7362-7

Ⅰ. ①紫… Ⅱ. ①湯… Ⅲ. ①傳奇劇(戲曲) – 劇本 – 中國 – 明代 Ⅳ. ①I237.2

中國版本圖書館CIP數據核字(2022)第010418號

**奎文萃珍**
**紫釵記** 〔明〕湯顯祖 撰

主　　編：鄧占平
策　　劃：尚論聰　楊麗麗
責任編輯：李子裔
責任印製：張道奇

出版發行：文物出版社
社　　址：北京市東城區東直門内北小街2號樓
郵　　編：100007
網　　址：http://www.wenwu.com
經　　銷：新華書店
印　　刷：藝堂印刷（天津）有限公司
開　　本：710mm × 1000mm　1/16
印　　張：15.75
版　　次：2022年3月第1版
印　　次：2022年3月第1次印刷
書　　號：ISBN 978-7-5010-7362-7
定　　價：100.00圓

# 序言

《紫釵記》，全名《重校紫釵記》，明湯顯祖撰。明萬曆三十年（一六〇二）陳氏繼志齋刻本。

湯顯祖，字義仍，號若士、海若、清遠道人。臨川人。少善屬文，有時名。明代過庭訓在《本朝分省人物考》中説：『十三歲補邑弟子員已能爲古文詞，讀諸史百家諸書。』湯顯祖少有時名，然不附權貴，『周旋狂社，坎坷宦途』。隆慶四年（一五七〇）舉于鄉，萬曆十一年（一五八三）始成進士。以禮部主事謫徐聞典史，終于遂昌縣知縣。《明史》有傳。

湯顯祖是著名的戲曲家、文學家，其戲曲作品遠播海内外，影響深遠。著有《牡丹亭》《南柯記》《邯鄲記》《紫釵記》《紫簫記》，其中《牡丹亭》《南柯記》《邯鄲記》《紫釵記》又被稱爲『臨川四夢』。吕天成在《曲品》中稱贊湯顯祖『絶代奇才，冠世博學』，與沈璟二人一起被評爲『上之上』。湯顯祖還著有《玉茗堂詩》《玉茗堂文》《玉茗堂尺牘》等。

《紫釵記》正是湯顯祖『臨川四夢』第一夢，故事脱胎于唐傳奇小説《霍小玉傳》。明代王思任用一個『俠』字概括《紫釵記》其神。吕天成《曲品》評《紫釵記》爲上上品，稱其『仍紫簫者不多，然猶帶靡縟。描寫閨婦怨夫之情，備極嬌苦，直堪下泪，真絶技也』。祁彪佳《遠山堂曲品》中評《紫釵記》爲『艷品』，謂其『先生手筆超异，即元人後塵亦不屑步。會景切事之詞往往悠然獨至，然傳情處太覺刻露，終是文字脱落不盡耳，故題之以艷字』。

本書爲明萬曆三十年陳氏繼志齋刻本。書前有壬寅（一六〇二）春陳大來手書清遠道人乙未（一五九五）春《紫釵記題詞》；次『重校紫釵記目録』，共五十三齣，最末有『秣陵陳繼齋校書』；版心題『紫釵記』，記卷次葉數；眉欄有音注及少數批註。全書共計十三幅雙面連式版畫插圖。

陳邦泰，字大來，其書坊繼志齋正是明代金陵著名的書坊之一，尤其擅長刊刻戲劇相關的書籍，如《重校古荆釵記》《重校玉簪記》《重校北西厢記》等。此繼志齋本《重校紫釵記》也是《紫釵記》衆多版本中比較早期和重要的版本之一，其中的版畫插圖質量上乘，可以窺見明代金陵版畫刻印的水平。

此據國家圖書館藏明萬曆三十年陳氏繼志齋刻本影印。

中國國家圖書館　宋宇馨

二〇二二年二月

# 紫釵記題詞

往余所遊謝九紫吳拾芝曾粵祥諸君度新詞與戲未成而是非蜂起譌言四方諸君子有危心略取所艸具詞梓之明無所與于時也記粗名紫簫實未成亦不意其行如是帥惟審云此案頭之書非臺上之曲也姜耀先云不若遂成之南都多暇更

為刪潤訖石紫釵中有紫玉釵也愛小玉能作有情癡黃衣客能作無名豪餘人微各有致第如李生者何足道哉曲成恨帥郎多病九紫粵祥各仕去耀先拾芝局為諸生猝無能歌樂之者人生榮困生死何常為驩苦不足當奈何乙未春清遠道人題

壬寅春秣陵陳大來書

# 重校紫釵記目錄

第一齣本傳開宗　第二齣春日言懷　第三齣插釵新賞
第四齣謁鮑述嬌　第五齣許放觀燈　第六齣墮釵燈影
第七齣托鮑謀釵　第八齣佳期議允　第九齣得鮑成言
第十齣回求僕馬　十一齣粧臺巧絮　十二齣僕馬臨門
十三齣花朝合巹　十四齣狂朋試喜　十五齣權夸選士
十六齣花院盟香　十七齣春闈赴洛　十八齣黄堂吉餞
十九齣節鎮登壇　二十齣春愁望捷　廿一齣杏苑題名
廿二齣權嗔計貶　廿三齣榮歸燕臺　廿四齣門楣絮別
廿五齣折柳陽關　廿六齣隴上題詩　廿七齣女俠輕財

廿八齣　雄番羈劉　廿九齣　高宴飛書　三十齣　河西款檄
三十一齣　吹臺避暑　三十二齣　計局收才　三十三齣　巧夕驚秌
三十四齣　邊愁寫意　三十五齣　節鎮還朝　三十六齣　淚展銀屏
三十七齣　移參孟門　三十八齣　計哨譌傳　三十九齣　淚燭裁詩
四十齣　開箋泣玉　四十一齣　延媒勸贅　四十二齣　婉拒強婚
四十三齣　緩婚收翠　四十四齣　凍賣珠釵　四十五齣　玉工傷感
四十六齣　哭收釵燕　四十七齣　怨撒金錢　四十八齣　醉俠閑評
四十九齣　曉窗圓夢　五十齣　玩釵疑歎　五十一齣　花前遇俠
五十二齣　劍合釵圓　五十三齣　節鎮宣恩
秣陵陳繼齋校書

重校紫釵記目錄終

教平声
使去声

# 重校紫釵記卷上

## 第一齣　本傳開示

〔西江月〕（末上）堂上教成燕子，窻前學畫蛾眉，清歌妙舞駐遊絲，一段烟花佐使。　點綴紅泉舊本，標題玉茗新詞。人間何處說相思，我輩鍾情似此。

〔沁園春〕李子君虞，霍家小玉，才貌雙奇，湊元夕相逢，墮釵留意，鮑娘媒妁，盟誓結佳期，爲登科抗壯，參軍遠去，三載幽閨怨別離。盧太尉設謀招贅，移鎮孟門西。　還朝別館禁持，苦書信因循未得歸。致玉人猜慮，訪尋貲費，賣釵盧府，消息李郎疑。故友崔韋賞花譏諷，纔覺鳳闈事兩非。黃衣客迴生起死，釵玉永重暉。

黃衣客強合鞋兒夢　霍玉姐窮賣燕花釵
盧太尉枉築招賢館　李參軍重會望夫臺

去声

# 第二出　春日言懷

【珍珠簾】（上）（生）十年映雪圖南運、輕豪俊、兀自守泥塗清困、獻賦與論文、堪咳唾風雲、羈旅消魂、寒色裏悄門庭、報春相問、才情到幾分、這心期占今春似穩、（青玉案）盛世為儒觀覽遍、等閑識得東風面、夢隨彩筆綻千花、春向玉階添幾線、上書北闕雷霆戀、待漏東華誰召見、殷勤洗拂舊青衿、多少韶華都借看、小生姓李名益、字君虞、隴西人氏、先君忝參前朝相國、先母累封大郡夫人、富貴無常、才情有種、紅香秘苑、紫臭時流、王子敬家藏賜書、率多異本、梁太祖府蒐名畫、並是奇蹤、無不邑想三冬、聲歌四臭、熊熊旦上、陣陣城抱日月之光、閃閃宵飛、出獄吐風雲之氣、只一件、年過弱冠、未有妻房、不遇佳人、何名才子、比來流寓長安、占籍新昌客里、今日元和十四年立春之日、我有故人劉公濟、官拜關西節鎮、今日相賀回來、恰逢着中表崔允明、密友韋夏卿、相約此間慶賞、（秋

北朝魏以北方酋長侍子畏暑許其秋朝春還時謂雁臣

（鴻上）鶯開酒色三陽月，喜逗花稍一信風，酒已完備，（葦）（雁上）

（賀聖朝）天心一轉陽春，個中孤客寒曛。旙頭春信已爭新，鄉思怯花辰。（見科）（葦）喜氣來千里，（逢）春風總一家。（生）空一春惟有酒長此對年華

（玉芙蓉）（生把）（酒科）椒花媚曉春，柏葉傳芳醞，願花前作主暗催花信。靈池凍釋浮魚陣，上苑陽和起雁臣。（合）青韶印，看條風拂水画燕迎門，年年春色倍還人。

（又）（雁）（葦）祥雲正朔新，麗日長安近，向朝元共祝歲華初進。洞庭春色寒難盡，玉管飛灰煖漸熏。（合）春風鬢突林中未有椰上先過，屠蘇偏讓少年人。（生）二兒說少年人，似俺李十郎方亦易老也

和去声

分去声

簇御林）歲寒交無二人入春愁有一身報聞庭州樹青回嫩和東風吹綻了袍花襯（合）問東君上林春色探取一枝新（韋）君虞說被東風吹起袍花襯是說聞得你故人劉公濟節鎮關西今李主上東巡未知開科早晚你且相隨節鎮西行此亦功名之會也（生）豪傑自當致身青雲上未可依人（崔笑科）夏卿不知東風吹起袍花襯是說衣破無人補此事須向一箇人（生）是誰（崔）西頭有個鮑四娘穿鍼老手央他一線何如（生）不瞞二兄鮑四娘于小生処略有往來但是此中心事未露十分（韋崔）才子佳人自然停當也

（又）你染袍衣京路塵望桃花涴水津（生）要命（韋崔）你外相兒點撥的花星運（生）要錢（崔）你內材兒抵直的錢神論（合前）

（尾聲）你眉黄喜入春多分先問取碧桃芳信俺朋友

忺忻仝
着叶音兆
燕平声

呵覷不的你酒冷香銷少個人

漸次春光轉漢京　風流富貴是生成
無媒雪向頭中出　得路雲從足下生

## 第三齣　插釵新賞

【滿宮花】（老旦扮鄭六娘上）春正嬌愁似老眉黛不忺重掃碧紗烟影曳東風瘦盡曉寒猶着【蝶戀花】誰剪宮花簪綵勝、整〻韶華、爭上春風鬢、往事不堪重記省、為花長帶新春恨〇春未來時先借問、還恨開遲、冷落梅花信、今歲風光消息近、只愁青帝無憑準、老身霍王宮裏鄭六娘是也、小家雅擅玉之容、大國薦塗金之席、陽城妒盡、那曾南戶窺郎、汴井才多、每聽西園召客、晚年從佛、改號淨持、生下女兒、名呼小玉、季方二八、貌不尋常、昔時于老身処、涉獵詩書、新近請鮑四娘、商量絲竹、南都石黛、分翠葉之雙蛾、北地燕脂、寫芙蓉之兩頰、鸞鸞冶袖、誰偷得韓掾之香、繡蝶長裙、未結下漢妹之佩、新來愛帶、小玉燕釵、此釵已教內作老玉工侯景先雕

綴、還未・・來、正是新春時候、不免喚他出來、
一望渭[illegible]春色浣紗、小姐那裡、（旦同浣紗上）

（滿宮花後）（旦）畫日深簾人不到、眉画遠山春曉、（浣）紅
羅先綉踏青鞋、花信須催及早、（旦）母親萬福、（老旦）女兒免礼、（旦）母親因甚、有
喚孩兒、（老）新歲春光明媚、娘兒們向渭橋望春一回
也、（行科）氷破池開、綠雲穿天半晴、遊心不應動、為此
欲逢迎、倦老大秊華、對此春新也、

（綿搭絮）綉閨清峭、梅額映輕貂、画粉銀屏、寶鴨薰爐
對寂寥、為多嬌、探聽春韶、那管得翠幃人老、香夢無
聊、兀自裡暗投、秊華、怕樓外鶯聲到碧簫、

（又）（旦）睡痕空笑、微酒暈、紅潮、昨夜東風戶插空春勝、欲
飄、倚春朝、微步纖腰、正是弄晴時候、閣雨雲霄、紗牕

刺音七　調音吊　鈿音田　嚲音朵

影綵線重添刺繡工夫把晝永銷

（又）（浣）個人年少長是索春饒忽報春來他門戶重〻不奈瞧滿溪橋紅袖相招都準備着吟花才調問柳情萠（小姐呵無人処）和你拾翠閑行你淡翠眉峰鎮自描（侯景先上）

新粧燕子鈿金釧舊試蟾蜍切玉刀報知鄭夫人老玉工侯景先玉釵完成敬此陳上（老叫浣取釵看科）好匠手也以萬錢賞之（侯謝科）琢成雙玉燕酬贈萬金蚨（下）（老）浣紗今日佳辰便將西州錦剪成宜春小繡牌挂此釵頭与小姐插戴（浣下取鏡上科剪成花勝在此（老旦掛將釵首与旦〻拈看科）

（又）（旦）玉工奇妙紅瑩水晶條學鳥圖花點綴釵頭金步搖（旦謝娘了）（插釵科）嚲輕綃翠插雲翹正是剪刀催早蜂蝶睛遙（老）呵雙飛燕爾何時試拂菱花韻轉標

鍼針仝

數上声

尾聲繡帘珠戶好藏嬌掩屏山莫放春心早還把金鍼鳳眼挑

阿母疑粧十二樓　斬新春色喚人遊
玉釵花勝如人好　今日空春与上頭

## 第四齣　謁鮑述嬌

祝英臺近（鮑四娘上）翠屏閒青鏡冷長是數年華行雲夢老巫山下殢酒愁春添香惜夜獨自個溫存幽雅

少年遊簾垂深院冷蕭蕭春色向人遙暗塵生處玉箏絃索紅淚覆鮫綃舊家門戶無人到鴛鴦被半香銷個底韶華阿誰心緒禁得恁無聊自家鮑四娘乃故薛附馬家歌妓也折券從良十餘年矣生性輕盈巧于言語豪家貴戚無不經過挾策追風推為渠帥每蒙隴西李十郎往來遺贈金帛不計俺看此生風神機調色色超羣幣厚言甘豈無深意必是托我豪門覓求佳色俺已看下鄭娘小女此女美色能文

調音吊
愔音音
宿着俗
吹去声
惹如雅反

頗愛慕十郎風調，只待他自露其
意，便好通言，早晚李郎來也。(生上)
(唐多令)客思繞無涯，青門近狹斜，愔愔巷陌是誰家，
半露粉紅簾下，閒覓柳戲穿花。(見科)(生)翠宿香梢末肎消，与鄉重畫兩眉
嬌。(鮑)新春蝶黛無人試，付与東風染柳條。(生)西
娘幾載相看，新春闌訪，為何門庭蕭索至此。
(祝英臺)(鮑)聽說來憶嬌季人自好，今日雨中花俺也
曾一笑千金，一曲紅綃宸遊鳳吹，人家參差憔悴損
鏡裡鴛鸞，冷落門前車馬。(生)還尋個伴兒。(鮑)這些時幾曾到
賣花簾下。十郎你時時金帛見遺，無恩可報，今日為何光顧。
(又)(生)遊冶自多情，春又惹，早則愁來也，漸次芳郊款步
幽庭，笑向卿卿閒話。(鮑)妾半落鉛華，何當雅念。(生)還佳個門中風

傻沙上声　些思加反

麼音麻

蘸音湛

月多能文是雨雲熟滑似烋娘渾不減舊時聲價〔又〕〔鮑〕休傻咱意中人〻中意還似識些〻看你才貌清妍禮數謙洽非關採弄殘花十郎礼下于人必有所求寸心相剖妾為圖之〔生〕堪嗟瘦伶仃才子身奇尚少個佳人縈架問誰家可一軸春風圖畫〔又〕〔鮑〕知麼俺為你高情是處的閒停踏〔生〕有麼〔鮑〕十郎蘇姑子作好夢也有一仙人謫在下界不邀財貨但慕風流如此色目共十郎相當矣是有個二八年華三五嬋娟又不比尋常人家〔生驚〕〔喜科〕真假你干打哄〔跪科〕這一縷紅絲少不得是你老娘牽下〔鮑〕起來說与詳細是故霍王小女字小玉王甚愛之母曰淨持

詔音吊

當去声

淨持即王之寵姬也，王初薨，諸弟兄以其出自微庶，不甚收錄，因分与資財，遣居于外，易姓爲鄭氏，人亦不知其王女。資質穠豔，一生未見，高情逸態，事事過人，音樂詩書，無不通解。昨遣俺求一好兒郎，格調相稱者，俺具說十郎，他亦知有十郎名字，非常歡愜。住在勝業坊，三曲甫東，閒宅是也。（生）可得一見？（鮑）此女尋常不離閨閣，今歲花燈許放，或當徽步天街，十郎与一二知心，密圖奇會。（生）領教。（鮑）花燈之下，你得見異人，老娘便向十郎書齋領取媒証。

【尾聲】（生）從今表白俺衷情話（鮑）有字兒還在他家（生）你成就俺一塲前程休當耍

紫陌花燈滿暗塵　驚心物色意中人

此中景若無佳景　他処春應不是春

## 第五齣　許放觀燈

【點絳唇】（京兆府上）聖旨傳宣，風調雨順，皆如願，慶賞豐

占去声
數上声

秊垂界花燈現（金鎖通宵啓玉京、遲〻春箭入歌聲
寶坊月皎龍燈淡、紫館風微鶴焰平、
自家京兆府尹是也、今夕上元佳節、月淡風和、蒙聖
人宣旨、分付士民、通宵遊賞、正是金吾不禁夜、玉漏
莫相催（下）
（老旦上）
（玩仙燈）上元燈現畫角老梅吹晚風柔夜煖笑聲喧
早占斷紅粧宴（旦浣上）
（又）韶華深院春色今宵正顯（浣）秊光是也拚無眠數
（旦）不盡神仙眷（憶秦娥）（老）元宵好、珠簾捲盡千門曉、（旦）
千門曉、禁漏花遲、玉街春早、（浣）紅粧
索向千蓮照、笙歌欲隱千金笑、（合）千金笑、月暈圍高
星毬墜小、（旦）今夜花燈佳夕、奉夫人一盃酒、（老）費你
心也、正是女郎春
進酒、王母夜燒燈
（忒〻令）（老）賞元宵似今秊去秊天街上長春閬苑星

重平声

分去声

橋畔長明仙院暢道是紅雲擁翠華偏歡聲好太平重見

〔又〕〔回〕賞元宵不寒天煖天十二樓闌干春淺三千界笑咨粧豔都則是瑞烟浮香風軟人語隱玉簫聲遠

〔又〕〔浣〕賞元宵暢燈圓月圓整十里珠簾盡捲逵萬戶星毬亂點咱趁着笙歌引咲聲喧怎放却百花中漏聲閑蕭稟過老夫人郡主同步天街遊賞一會〔老〕使得

〔尾聲〕謠的是春如畫夜如年天街上暗香流轉便捹到月下帰來誰分去眠

金屋何能閉阿嬌
成團打隊向燈宵
嚴城不禁歲雞鎖
銀海斜通宛轉橋

夜叶音亞

## 第六齣　墮釵燈影

（鳳凰閣引）（生）絳臺春夜冉冉素娥欲下香街羅綺映韶華月浸嚴城如画（韋）（崔）鈿車羅帕相逢處自有暗塵隨馬（生）笙歌班界酒樓臺、雞踏蓮花萬樹開、誰家見月能端坐、何処聞燈不看來、二兄、昨夜鮑四娘敎咱今夜花燈覩着那人來也、咱于萬燭光中、千花豔裡、將笑語遙分、衣香暗認、不枉今年玩燈、道猶未了、遠遠望見王孫士女看燈來也、別有千金笑、來映九枝前、（下）（王孫士女笑上）

（園林好）謝皇恩燈華月華謝天恩春華歲華遍寫着國泰民安天下遨頭去唱聲華（下）（老旦引旦）（浣上）好燈也、

（又）說燈花南天門最佳香車隘挑籠絳紗喝道轉身停馬塵影裡看誰家呀、那裡黃衫大漢、一疋白馬來也、（下）（豪士黃衫擁胡奴走馬上）

（又）本山東向長安作傻家趁燈宵遨遊俠邪聽街鼓兒幾更初打（內笑科）前面好漢、是甚姓名、你高馬大遮了俺們看燈路兒也、（豪士笑科）問俺名姓、黃衫豪客是也、說遮了路呵、胡雛們去了也燈影裏一鞭斜（下）（丑二）（韋崔上）

（又）遶風光看人兒那些並香肩低迴着笑歌天街甃琉璃光射等的個蓬閬苑放星槎（望科）（虛下）（老旦浣（同旦上）好耍歌也

射叶舒亞反

（又）絳樓高流雲弄霞光瀲灩珠簾翠瓦小立向迴廊月下閒嗅着小梅花（生韋崔上）（旦眾驚下）落一釵科）（生）呀、二兄、勝業坊來的可是那人、真奇豔也、兀的不是梅稍上掛釵、斷痕的墜地也

（江兒水）（生）則道是淡黃昏素影斜原來是燕參差簪挂在梅梢月眼看見那人兒這搭遊還歇把紗燈半

踅音哲

倚籠還揭紅妝掩映前還怯（合）手撚玉梅低說偏咱相逢是這上元時節（浣挑燈籠照旦上）呀老夫人帰去咱去尋釵來也（韋）那人來尋釵也俺二人前門看燈去兄可與之小立片言正是與人方便自己方便（生）請了（韋崔下旦尋釵科）不見了釵呵這不做美的梅梢也

（又）（旦）止不過紅圍擁翠陣遮偏這瘦梅梢把咱相攔拽（作避生科）喜迴廊轉月陰相借怕長廊轉燭光相射（生做見科）

（旦）怪檀郎轉眼偷相撇（生咲科）弔下釵哩（旦）可是這生拾在（合前）

（玉交枝）（生）是何衙舍美嬌娃踅得吱嚨（浣）是霍王小姐（生）奇哉奇哉就是小玉姐麼（浣）便是（生）小生慕之久矣因何獨行到此（浣）來尋墜釵（生）你步香街不怕金蓮踅總為這玉釵飛折（浣）秀才可見釵來（生）釵到有請與小玉姐相叫一聲

（旦低聲云）浣紗，這怎生使得，且問秀才何處（生）隴西李益，表字君虞，排號十郎，應試來此（旦作打覷低鬟微笑科）鮑四娘処聞李生詩名，咱終日吟想，乃今見面不如聞名，才子豈能無貌（生作聽徑前相揖科）呀，小姐憐才，鄙人重貌，兩好相映，何幸今宵（旦作羞避科）釵喜落此生手也釵你插新粧寶鏡中燕尾斜，到檀郎香袖口，是這梅梢蕊，浣紗，叫秀才還咱釵也（合）怕燈前孤單，這些，怕燈前孤單了那些，（生）請問小玉姐侍者，咱李十郎孤生二十年餘，未曾婚聘，自分平生不見此香奩物矣，何幸遇仙月下，拾翠花前，梅者媒也，燕者于飛也，便當寶此飛瓊，用為媒采，尊見何如（浣惱科）書生無禮，見景生情，俺待罵你呵（旦上）劣丫頭，是怎的來

（又）花燈磨折，為書生言長意賒秀才，咱釵值千金也（生）叫會千金也（旦背笑科）道千金一笑相逢夜，似遇藍橋那般歡愜，還俺釵來（生）選

個良媒送上玉花釵他丟下聲長短嗟玉梅梢咱賺着影

高低說(合前)(浣)夫人候久咱們家去也

(川撥棹)簫聲咽和催歸玉漏徹(旦)為多才情性驕奢一

没些時月痕兒早斜一(浣)紗叫秀才還咱釵來(旦)作斜拜生科(合)乍相逢歸

去也又(生)(揖科)

(又)花燈夜有天緣逢月姐(浣)秀才你把個香閨女覷得

眼也斜一雷了咱燕釵兒貪他那些一(合前)

(尾聲)(生)玉天仙罩住得梅梢月春消息漏洩在花燈

節一(旦)作(低)(聲回唱)明朝記取休向人邊說(旦)(浣)(下)(生)(弔場)奇哉奇哉李十郎今夜遇仙也

糝音傘

（玉樓春）嬋娟此會眞奇絕、瞳眼重惺春罷徹、他歸時遙映燭花紅、咱待放馬蹄清夜月叉鸞影催歸燕釵畱在、叫小生怎生回去也

（崔上）

（玉樓春後）天街一夜笙歌咽、墮珥遺簪幽恨結、（韋上）那兩人燈下立多時細語梅花落香雪、（生）十郎可是那人眞異人也

（六犯清音）他飛瓊伴侶、上元班輩、迴廊月射幽暉、千金一刻、天教釵掛寒枝、咱拾翠他含羞啓盈盈、笑語微嬌波送、翠眉低就中憐取則俺兩心知、（韋崔）少甚麼紗籠映月歌濃李、偏似他翠袖迎風糝落梅、（生）恨的是花燈斷續、恨的是人影參差、恨不得香街縮緊、恨

分去声

不得玉漏敲遲，把墜釵與下為盟記。（合）夢初迴，笙歌影裏人向月中歸。（崔）既此女子于兄分上非淺，不可負也。

（尾聲）到天仙去也春光碎。這一雙情眼何怎禁得許多胡覷。

（生）咱半生心事全在賞燈時。（生下）（崔韋弔場）你看李生一見嬌姿，風魔而去。我們學老成些，聞得崇敬寺燒千佛燈，且去隨喜一會。

帝里風光醉夢間　拚他年少遇仙還

秖應不盡孤眠意　猶向空門弄影看

## 第七齣　托鮑媒釵

（搗練子）（生上）花淡瀯，月嬋娟，迴廊燈影墜釵前，透萬點星橋情半點。（如夢令）門外香塵正度，牕裏星光欲曙。客舍悄無人，夢斷月堤歸路。無緒，無緒，搖漾燭花人語。小生昨夕和小玉姐對玩花燈，眼尾眉稍多少神情抛接也。

〔普天樂〕俺正憑闌想碧雲盡處花燈綻他絳籠深護春光煖乍相逢試回嬌眼似廣寒低躡飛鸞笙歌遠人零亂金釵墜無言自把梅花瓣剛撇下佩環清月影曉馬嘶來夢斷覺東風病酒餘香相半

〔不是路〕〔鮑上〕庭院幽清他出衆風流舊有名彈花柄想尋花去蝶夢初驚〔生笑迎科〕是卿卿懶雲鬟到撇得冠兒正肎向書齋僻處行〔鮑〕承恭敬看君笑眼迎門應有些僥倖〔又〕〔鮑〕並開尤物意中人、可向燈前會的眞、不用眉梢積一処、且將心事說三分、昨夜燈前有何所見〔生〕人中嚷嚷都無所見、但拾得墜釵紫玉燕一枝、煩卿賞鑑〔鮑作看釵科〕是好一枝紫玉釵也

〔啄木公子〕波文瑩紐疊明點翠圈珠瓏嵌的瑩透紫

醮奇港

瓊枝似闌干日漾紅氷燕呵為甚嘴翅兒西飛另他
在粧奩怕上栖香穩雲髩搔頭弄影停誰付与多情
（又）（生）花燈後人笑聲月溶溶罩住離魂倩墜釵橫處相
尋特地逢迎這釵燕呵雖則軟語商量渾未定早則
幽香醮動梅花影紅潤偷歸翠袖擎天付與書生
好姐姐（鮑）恁般紅鸞湊成這燕花釵為折證你嫦娥
親許玉鏡臺前會得清（合）燈兒映相逢便是神仙境
何用崎嶇上玉京
（又）（生）知他是雲英許瓊墜清虛立定露華春冷肎向瑤
池月下行（合前）（生）煩卿就將此釵求其盟定彼時自有白璧一雙為獻也

色叶篩上声

句叶音擺

【尾聲】（鮑）為單飛去配雙飛影（生）墜釵人倚粧臺正凭

（鮑）昨夜燈花兩人照證明

燈前月下會眞奇　恰似雲英一喚時

手去雙釵成玉杵　足來千里繫紅絲

第八齣　佳期議允

【薄倖】（旦上）薄粧凝態試煖弄寒天色是誰向殘燈澹月仔細端詳無奈憑墜釵飛燕徘徊恨重簾礙約何時再（覧）似中酒心情羞花意緒誰人會懨懨睡起兀自梅梢自在

（應天長）燈輪細轉月影平分笑處將人暗認曾半倚紗籠手撚墜釵閒倩問○誰解語春相印怯邂逅誤成芳信人影散獨自歸來凭闌方寸浣紗拾釵人何処也

字字錦春從繡戶排月向梅花白花隨玉漏催人赴

刻叶音愷

金釵會試。燈回為着疎影橫斜把咱燕釵兒粘帶釵釵跟尋的快〻是何緣落在秀才好一個秀才秀才你拾得在〔合〕是單飛了這股花釵配不上雙飛那釵乍相逢怎擺那拾釵人撆奇撆奇得消〻洒〻忺〻愛〻閃得人眈〻待〻懨〻害〻却原來會春宵那刻

〔又〕〔浣〕無意燕分闕有情人奪采他將袖口兒懷恁想着花頭戴步香街淡月梅梢領取個黃昏自在釵〻書生眼快〻恁是個香閨女孩逗的個女孩女孩伽〻的拜〔合前〕〔鮑上〕

〔入賺〕輕寒漸解准望着踏青挑菜金蓮步躧早是他

朱門外誰人在（內作鸚哥叫云）來客來來（旦驚唱）客影動湘簾帶鸚哥報客來（浣）今朝風日好有甚金釵客（見科）（旦）呀原來是鮑四娘也（旦）到來多會（鮑）可知道你深閨自在小玉姐愛戴紫玉燕釵今日緣何不見（旦）無心戴他（鮑）敢是單了一枝（旦笑云）何處單來（鮑）咱說他單便單咱說他雙便雙憑你心下（旦笑云）四娘說了雙罷（鮑）卻原來且問你緣何此釵便落此生之手

雪獅子（旦）燈花市月筆街月痕暗影疎梅愛清香小立在迴廊外花枝擺又把燕釵兒懸在天付與多才（合）單飛燕也釵雙飛燕也釵雙去單來單去雙來可似繞簾春色還上我玉鏡粧臺

（鮑）（又）燈似畫人如海偏他們拾取奇哉這觀燈十五無

少去声　調音吊　色叶篩上声

人會便揉碎又梅花少不得心兒採多則是眼兒乖

(合)明題起也釵暗題起也釵明去暗來暗去明來可

似繞簾春色還上我玉鏡粧臺(鮑)你說着玉鏡臺李郎就是便將此釵來求盟定(旦)那生畢竟門第何如、才情幾許、怎生弱冠尚少空人(鮑)若論此生、門族清華、少有才思、麗詞佳句、時謂無雙、先達丈人、翕然推伏、每自矜風調、思得佳偶、博求名閥、久而未諧(旦)原來如此、二事問老夫人

(隔尾)你說着玉鏡臺那酸倈怎就把咱頭上釵兒來插釵只怕老娘呵識不出武陵春色(下)(鮑)弔(場)老夫人有請

(一剪梅)(上)(老)霧靄籠葱貼絳紗花影窗紗日影窗紗迎門喜氣是誰家春老儂家春瘦兒家(見科)(老)原來是鮑四娘到來、春色三之一、王家日漸長(鮑)關心兒女事、閒坐細端詳老夫人、你道妾身今日為何而來、竟為小姐親事(老)

敫平声

小姐雛稚之年恐未曉成人之禮聽俺道來

〔宜春令〕天生就女俊娃似鶯雛常依膝下重重簾幙漏春心何曾得到他爐烟篆一縷清霞玉瓶花幾枝瀟洒似人家煞不成粧逗耍

〔又〕鶯渠年長伊鬢華老年人話兒喬作衙他芳心染惹怕春着裙腰身子兒乍鶯鶯譜挑不出閑心美女圖覷許多情話你守着他投得個夜香燒罷

〔又〕老催人老可嘆嗟論從來女生外家眼前怎撘穩倩個乘龍嬌客來招嫁起西樓備着吹簫展東床需敫下榻誰家養女兒尋思似咱那人何如

（又鮑）才情有年貌佳李十郎隴西舊家全枝堪借管碧
梧栖老鸞停跨將雛曲畢竟雙飛求鳳操看他駟馬
（出釵科）没爭差把這股玉燕釵兒留下（老旦看釵科）呀這釵活似小玉
上頭之物、何因得在此生、婚姻事、須問女兒情願、浣紗、請小姐出來、（浣請科）
（一剪梅）（旦上）睡起東風數物華暗惱春華暗惱春華停
雲數點雨催花前夜燈花今日梅花（見科）（老）鮑四娘來与隴西李十
郎求親、你意下何如（旦）說他則甚
（繡帶兒）掩春心坐羅幃繡榻羞人喚作渾家想仙姬
不是蘭香笑漁郎空閒桃花非誇氷清到底無別話
守定着香閨這答（嘆科）娘和女傳仃可嗟乍形影相依

搦音聶

怎生撇下

（又）（老旦）乖乖為甚的雲寒月寡守着一搦香娃兒就明姑仙子也有人間之情看羅敷早配玄都恨玉蘭空孕蓮花仙査天宮織女猶自嫁銀河畔鵲橋親踏今日呵男共女兩家兒一家分付與東君畢罷了老娘心下

（又）（旦）休嗟嬌花女教人愛殺恨不早嫁東家你憐老夫人麼只怕栢枝兒兩頭繫絲到大來貪結桃花（背）（唱）哄咱青春不多也二八少不得籠憁動闥好和歹這些時破瓜便道是白玉無瑕青春有價

（又）（貼）喧嘩把媒人似絲鞭兒擘打得你半口甜茶却為

襟音答

禁平声下同

假去声

甚俊洒多才尚没箇襯襟人家湊咱士女愁春没亂煞母親行白忙閒話眞和假那些禁架你不信看玉燕釵頭玉梅花下（老）正是這釵是小姐香奩中物何因得落他家（旦）作羞科（老旦）問（浣）這是怎的來

【太師引】（浣）元宵夜放了觀燈假轉迴廊梅疎月華臨去也墜釵斜挂急尋着被他翠袖籠拿（老）便是那李秀才們（浣）但逢着書生不怕偏縈刮俺小姐有些嬌恰（老）那生說甚來（浣）說他青春大曾無室家是禁不得他賺玉留香多耍（老）小姐說甚來

（又）（浣）聽說他能風雅想不着良宵遇他虧了俺籠燈倚

月聽才子佳人打話他把釵兒接下那權恰俺小姐

淡月隱梅花(老)却怎的(浣)嬌波抹道有心期那些(老)因何(浣)知

怎生呵一笑相逢緣法(老)笑問(玉)兒可是也

(三學士)(旦)低唱科是俺不合向春風倚暮花見他不住的

嗟呼知他背紗燈暗影着娥眉画還咱箇插雲髻分

鬬燕尾斜猛可的定婚梅月下認相逢一笑差

(又)你百歲姻緣非笑耍關心事兒女由他知他冇住

(老)長安下怕燕爾翩飛碧海涯輕可的定婚梅月下泊

相逢一線差(鮑)玉姐呵

(又)翠氣生香春一把那書生也將相根芽接了你嵌

醮音湛

那上声

成寶玉雙飛燕難道是飛入尋常百姓家俺可也定婚梅月下敢把這好姻緣一對誇（浣）老夫人成就了罷

（又）這是那月夜春燈搖翠霞武陵溪醮出胡麻才郎呵可有乘龍一騎青絲馬配上咱插燕雙飛綠鬢鴉

（合）你可也定婚梅月下好姻緣一並誇（老）片語相投拾釵為定天也天也

（尾聲）你鬧乘龍那日佳俺這裡畫堂簫鼓安排下（鮑）他還有白璧成雙錦上花

偶語鳳前一笑深　月中人許報佳音

着意栽花花不發　無心插柳柳成陰

## 第九齣　得鮑成言

應平声

敎平声

【生上】【思越人】好是觀燈透玉京、如魂如夢見飛瓊、畱連步障笙歌隱、彷彿遺釵笑語明、春淡淡、玉眞眞、幾時眞個作行雲、閒來欲試花間手、盼殺行媒月下人、俺心事托鮑娘為媒、恰好、怕老夫人古撇也

【鶯集林春】恰燈前得見些些、悄向迴廊步月漏點兒丁東長嘆徹、似悔墜釵輕去瑶闕、儘來回花露影念渠嬌小點點愛清絕、漾春寒愁幾許、懨懨心事自其素娥說

【又】不准擬恁情深、邂逅低鬟笑歇、恍月下聞鶯歸去也、天淡曉風明滅、也應他難遇、惺惺解怜才有意須敎徹、人近遠幾重花、路比武陵源較直截

【四犯鶯兒】愛的是女嬌奢怕的他娘生劣近新來時

蹻音竅衒院中市語脚也　趔趄音列且　六声

勢把書生瞥無分周遮有數奇絕不應恰恁相逢別

不為淫邪非貪貲篋要頓心頭定迭

〔又〕但憑咱書五車甚處少紅一撚只他乍相逢相愛

無言說甚梅香喜歡嫖娘湊節錦春梭扣定鶯兒舌

咱望眼兒夭斜蹻兒翹趄甚些些時人兒去也

〔懶畫眉〕〔上〕〔鮑〕碧雲天外影晴波看罷了春燈景色和咱

曉鬟偷出睡雲窩〔見科〕〔生〕有勞四娘那人心事諧否〔鮑〕他口兒不應心

兒可可道人在春風喜氣多〔生〕他可道來

〔又〕〔鮑〕道你個題橋彩筆蘸晴波傅粉人才豔綺羅道是

你舊家門第識人多湊的個釵頭玉燕天和合成就

涴音臥
嚲音朶
那音挪
中去声

你玉鏡臺前去画翠蛾(生)那人眞如何(鮑)俺去正逢他睡起也

醉羅歌(鮑)睡覺睡覺嬌無那梳洗梳洗着春多露春纖嚲去了粉紅涴半捻春衫嚲香津微揾碧花凝唾笑蓉暗笑碧雲偷破春心一點眉尖閤休唐突儘阿那書生有分和他麼

(又)(生)停妥停妥有定奪歡偉歡偉早粘合拚千金買得春宵着受用些些兒個傷春中酒輕寒自覺人兒共枕春宵煖和算花星摧的孤鸞過三日後五更過十紅拖地送媒婆(鮑)十郎花朝日好成親看你好不寒酸那樣人家少不的金鞍駿馬着幾個伴當去(生)領教

（尾聲）論你一品人才與不弱，趁風光俊煞你個、令閣十郎呵，還辨取拭兩粘雲半幅羅。（下）（生弔場）四娘說咱寒酸，不免請韋崔二兄，代求人馬光輝也。

月姊釵頭主　氷人線脚針
傳來烏鵲喜　占得鳳凰音

## 第十齣　回求僕馬

（秋鴻上）幸情貪點染，所事看施為。人馬一時俊，門戶兩光輝。俺李相公人才出衆，天湊良姻，只少人馬扶助，去請崔韋二位商量，好不精細也。

（玩仙燈）（生上）人物似相如，少個画堂車騎。（秋鴻）已請崔韋二位相公議事，這早可來也。（韋崔上）

（小蓬萊）春意漸回沙際，風流長聚京都。終南韋曲傳陵崔氏瀟洒吾徒（見科）（崔）拾釵芳信如何（生）花朝之夕、已注佳期、只有一段工夫、央及二兄幇襯（崔）願聞（生）王門貴眷、禮須華重、客裝寒怯、實難壯觀、聽小弟道來

（駐馬聽）出入惟驢、實少銀鞍照路、衢待做這乘龍快壻、騏驥才郎、少的駟馬高車、花邊徒步、意躊躇嘶鳳弄影、知何處（合）後擁前驅、教一時光彩生門戶、（崔）十郎、你不曾同姓為婚、怎麼巫馬期以告、要馬我崔家、儘有、（韋）崔子弑齊君、是陳戍子有馬十乘、崔家那裡有一匹兒我韋家到有（崔）怎見得（韋）却不道魯韋昌馬、（崔）休閑說、長安中有一豪家、養俊馬十餘疋、金鞍玉轡、事事俱全、當為君一借

（又）（崔）不說駘駑有個翩翩豪俠徒、許你一鞍一馬、作個馬上郎君、少不的坐下龍駒驚香、欲到錦屠蘇銀鞍

綉帕須全具(合前)(生)有了馬還敢求一事

(又)(生)冷落門閭只合樵青伴釣徒今日過門呵步不得要步

隨鞭鐙手捧衣裳背負琴書花星有喜不為孤身宮

所恨慳奴僕(合前)(崔)你不曾之子于歸先要空其家人使不得邦君之妻曰夫人夫人自稱曰小童但帶幾箇俊童怕新人喫醋若要家童有顏色梅樹雕幾箇去(堂)怎見得(崔)百家姓要江童顏郭梅盛林刀(生)取笑取笑(堂)這椿也在那豪士家有緣轔文情椎飾非常

(又)自有豪奴不羨秦宮馮子都不用吹簫僮約結柳

奴星有剪髮胡雛好教你垂鞭接馬玉童扶衣箱別

有平頭護(合前)

尾聲(堂)(崔)你還精神去坦東床腹那些兒幫襯工夫成親

看喜也只願你人馬平安穩坐了黄金屋

李色更何如　攛弄要工夫
定須騎駿馬　誰待使痴奴

## 第十一齣　粧臺巧絮

（番卜算）（上）（旦）屏外籠身倚睡覺唇紅退暈纖蛾暗自領佳期珍重花前意（菩薩蠻）天穿過了還穿地枕痕一線搖紅睡春色襯兒家羞含荳蔻花○裙腰沾蟢子暗地心頭喜越近越思量懸愁花燭光日昨已許了李郎定親佳期早晚好悶人也

（五供養）相逢有些這一段春光分付他誰他是個傷春客向月夜酒闌時人乍遠脉脉此情誰識人散花燈夕人盼花朝日着意東君也自怪人冷淡蹤跡

（又）夢兒中可疑記邂逅分明還似那迴時玉釵風不

蟢音喜

沁森去声

颭音戰

蓓蕾音陪壘

定為誰閒撚花枝道甚重簾不捲燕子傳消息隨意
佳期緩爭信人心急不如嫁與受他眞個憐惜
（金瓏璁）（上）（鮑）綠枝幺鳳拘香痕暗沁莓苔画堂春煖困
金釵不捲珠簾誰在（見科）（旦）花氳蝶翅頻敲粉（鮑）掵颭蜂腰促報衙（旦）翠掩重門春
睡懶（鮑）一天新喜教兒家（旦）何喜見教（鮑）教你個喜字來新婚那夜呵
（玉交枝）燭花無賴背銀缸暗擘瑤釵待玉郎回抱相
偎揣顰蛾掩袖低回到花月三更一笑回春宵一刻
千金逸挽流蘇羅幃顫開結連環紅襦慎解
（又）鸞驚鳳駭誤春纖搵着檀腮護丁香怕拆新蓓蕾
道得個苦苦蘂含胎他犯玉侵香怎放開你凝雨云覺雨堪

瀟洒喫緊處花香這回斷送人腰肢幾擺洞房中所事堪停當也

【沉醉東風】你把鴛鴦襯褡兒剪裁指領上綉鍼憑在勾春睡小眠鞋要一領汗衫兒就待那其間半葉輕羅試采你把羞眸兒半開斜燈兒半開試顯出你做夫妻們料材（旦）罷了（鮑）可罷也

【又】帶朝陽下了楚臺起窺粧照人無奈暗尋思顰眉簇黛把餘紅偷覷還猜防人見侍兒們拾在賀新人美哉賀新郎美哉顯的你做夫妻們喜來（旦）謝了老夫人請你講話也

【尾聲】（鮑）咱去來說與你個明白選成親花朝好在析

莫你這幾日呵葫蘆提較害（下）

一搦女兒身　齊眉作婦人
人生初見喜　花草一季春

## 第十二齣　僕馬臨門

（秋鴻上）主人性愛秋鴻，身居奴僕同宮，從後脫了主顧，以前布下了春風，自家秋鴻便是。只因人物粗適，伏事李郎客中，一年半載，好不干淨。如今配上了霍家小姐，主不顧僕了，叫做失了主顧。雖然如此，霍府少甚丫鬟，東人念舊，少不的秋鴻也配上一個，叫做俺有春風，他有夏雨，這都不在話下了。昨日相公轉托韋崔，借人借馬，禁糶成親，分付到時，好生安頓，可知道哩。奴要白飯，馬要青芻，都不備一些子，叫俺管一頓，好不頹氣也。且看門外如何。（雜扮豪家剪髮胡奴一人牽馬一疋上）白面兒郎空俊馬，洞簫才子借髯奴。奴昨有韋崔二先生，借俺豪家人馬与個隴西李十郎，往那家去，這是他寓所，高叫一聲。（鴻）好好人馬一齊到，馬少一疋。（雜）因何？（鴻）俺家十郎配那家主兒，俺也同這吉日，配上那家一個俊不了的穿房，因此要

稱去声

多一匹、（雜）好命也、纔脫了人騎、就要馬騎、早哩、（鴻）[illegible]
罷看你馬、〻去得、再看人、（笑科）原來你前身是馬、（雜）
怎見得（鴻）馬剪騌、人也剪騌、馬老子黑、你們臉通黑、
知馬是你前身、（雜惱科）呀、你家借馬借人、白飯青芻、
不見些兒、倒來罵俺、
好打這廝（打科）（生上）

（玩仙燈）擇吉送鸞書、儘今夜孤眠坦腹、呀、人馬借來是客、秋鴻這
狗才、恁般輕薄、列位管家恕罪、（雜叩頭科）不敢、請相
公看馬何如（生）好馬好人（雜）敢問相公往那家去

（孝順歌）（生）是霍王府呵、招鳳侶、配鸞雛、借鴛鴦白馬
光戶閭、這馬呵、鬧色紫茸鋪、壓胯黃金鐙、真個飛香
紅玉稱、兩袖風生、一鞭雲路、阿對前頭、要幾個人兒
護、你們到那家答應、放精細些、須剔透、要通疏、那人家多禮數

（又）（雜）知道了、你是名家子、冠世儒、這馬呵、配春風美人堪

莝音挫

騕褭音杳鳥

靦腆音免忝

畫圖俺豪門體態殊風流慣相助李相公、你跨金鞍駿駒擁綠韝蒼奴到瑣窗處那時小的們不敢說、只怕相公酒後呵、也不着支吾坦露了東床腹只一件來馬要好料、奴要好酒、相公也要飽喫些、大家掙出精神來和你高控轡響傳呼顯風光賽尋俗（生）多謝了、今夜且安歇

雕胡人當酒　　莝鷹馬為芻

坐憑金騕褭　　走置錦流蘇

## 第十三齣　　花朝合卺

（鵲橋仙）（旦同浣上）珠簾高捲畫屏低扇曙色寶奩新展絳臺銀燭吐青烟熒熒的照人靦腆（好事近）紅曙捲牕紗、睡起半拖羅袂、（浣）何似等閒睡起到日高還未（旦）催花陣陣玉樓風、樓上人難睡（浣）有了人兒一個在眼前心裡（旦）早晚佳期鮑四娘還不見到（鮑上）

轡音被　旋去聲

（臘梅花）花燭爐香錦綉筵屏山霧抹鸞初偃紅線結姻緣採花人到百花高處會雙仙（見科）仙郎一時就到且同郡主鳳簫樓一望（做望科）（鮑）你看那是勝業坊這的是曲頭這是你府門首（旦）呀四娘一箇騎馬官兒來也（鮑）呀望南頭來了（生騎馬胡奴秋鴻三四人跟上）

（窣地錦襠）春紅帶醉袖籠鞭壓轡巖縱照水邊美人香玉豔藍田遙望秦樓生翠煙（下）（旦驚喜科）四娘你看那生忒一灣馬呵風情似柳有如張緒少年迴策如縈不減王家叔父真箇可人也

（掉角兒）是誰家玉人水邊斗驕驄碧桃花旋坐雲霞飄颻半天惹人處行光一片猛可的映心頭停眼角送春風迎曉日搖曳花前青袍粉面儂家少年得娘

憐抵多少宋玉全身相如半面(鮑)這樓早則望夫臺也、好下樓去、請老夫人迎接新郎(做下科)須教翡翠聞王母、無奈鴛鴦噪鵲橋、(老旦上)

(瑞鶴仙)有女正芳妍，繫綵羅千里，紅絲一線，春深景明媚，正玉漏穿花，金屏合箭，芳信呢喃，早則是玉釵歸燕。關心兒女，齊眉夫婦，今日如願。李郎早到也、浣紗、賓贊那裡、(賓贊上)有ニ有、色與禮熟重、新郎色上緊、禮与食熟重、小子食上緊、堂上唱禮只好觀、床上唱禮偏好聽、(鮑)床上怎生唱(賓)俯伏鞠躬跪一般、與不唱與唱做興、(鮑)床上怎不唱拜(賓)新郎點頭就是拜、唱了拜時敗了興

唱做興敗了興二興並去ニ戶

(生上)

(賓鼎兒)玉驄鞭嚲，正綺羅門戶，笙歌庭院，冉ニ飛絳臺雲，細深ニ處，繡簾風軟。(旦上)且喜玉釵雙燕穩，還似

（從齊誦下並同）（調音吊）

玉梅初見(合)對寶鼎香濃芳心暗祝天長地遠(賓贊)贊云

拜天地、天地交通泰、水火倒既濟、今年生一個小蒙童、明年生個大歸妹、拜老夫人、拜謝金王母、領取碧霞君、今年封內子、明春長外孫、夫婦交拜、今日成雙、後富貴天然偶、一個附鳳攀龍、一個祝雞養狗(鮑)諢科 好箇豪家婆也(賓)禮畢、新郎新人就位、人從叩頭、(秋)(鴻)胡奴見科(鴻)的々親々的小秋鴻叩頭(老)那些人從、都是李家的麼、(鴻)不是李家、是桃家、(老)那個桃家、(雜)豪家、(老)那個豪家、(雜)李家做了豪家、(老)好々、原來李郎豪家子也、馬可是李家、(鴻)不是李家、是桃家、(老)李郎、怎生又是桃家馬、(生)不是桃家馬、是桃花馬、(老)好一個桃之夭々、浣紗、請這賓相、一班騎從、別館筵宴(雜)好、咱們喫酒去、戶外碧桃春洗馬、樓前紅燭夜迎人(下)(老)看酒(生)小生還有藍田白玉一雙、文錦十疋、少致承筐之敬、(老)小女領下、李郎素聞才調風流、今見容儀雅秀、名下固無虛士、小女雖拙教訓、顏色不至醜陋、得配君子、頗為相宜(生)謝科 拙鄙庸愚、不意顧盼、幸垂錄采、生亦為榮(生)把酒科

腼腆音免忝

中夫声



錦堂月（生）繡幙紅牽，門楣綠遶，春色舊家庭院。烟霧香濛，笑出乘鸞低扇。似朝陽障袂初來，向洛浦凌波試展。（合）神仙眷，看取千里佳期，百年懽讌。

（又）（旦）幸然王母池邊，上元燈半，縹緲銀鸞映現。一飲瓊漿，藍橋試結良緣。吹簫侶天借雲迎，飛瓊珮月高風轉。（合前）

（又）（老）堪憐自小嬋娟，從來腼腆，未許東風一面。鳳曲將雛，占得和鳴天遠。倚青鸞玉鏡粧成，對孔雀金屏中選。（合前）

（又）（衆）暄妍翠氣生烟，紅妝豔日，小令合懽歌遍。喜才子

佳人雙〻錦瑟華年銀燭影河漢秋光碧桃浪武陵春片（合前）

（醉翁子）（老）堪羨好韶華長則把紅絲兒纏戀怕寒宮桂影高洛陽花賤（生）不淺似底樣深恩何處春光買翠鈿（合）持懽勸但記取月下花前玉釵雙燕

（又）（旦）閒辨畫眉人蘸了筆花飛硯甃三星在天五雲低殿（生）如願穩倩取鸞封一對夫妻畫錦圖（合前）

偉〻令燈花紅笑顫高燭步生蓮且喜闌夜口脂香碧唾環影耀金蟬愛少年

（又）顏酡春暈顯花月好難眠無奈斗轉銀瓶催漏悄

翠袖裊鬟偏待曉天

（尾聲）錦帳流香度百年作夫妻天長地遠恰這是受用文章花月仙

春花春月兩相輝　千里良緣一色絲
盼到洞房花燭夜　圖他金榜掛名時

第十四齣　狂朋試喜

（浣紗上）曉幄流蘇春意長花頭彈動雨初香紗牕細拂蛾眉了斜斂輕軀拜玉郎好笑好笑郡主配了李郎俺做浣紗的在床背可睡也呵那李郎甚麼心情俺郡主許多門面俺也聽不得了如今日勢向午纔起新妝

（旦上）

（探春令）合歡新試錦衾重羅帳春風（浣扶）（科）（旦）嬌倩人扶咲嗔人問沒奈多情種（荷葉盃）枕席夜闌初薦膽顫鬟乱四肢柔泥人無語怎擡

窣音促
摺音拉

頭、羞麼羞〻麼羞（浣笑科）喜也郡主
荅也郡主、呀、素設〻怕兒早發變也

鶯啼序（浣）眉州小錦新退紅、汗粉漬勾、嬌瑩、他幾曾
花事春容、早印透春痕、一縫、若也、窣嬌啼、窣裡聞鶯
緊摺葉沁成、公鳳春、如夢、整一片雨雲香重、

阮郎歸（生）（上）綠紗䆗外曉光催、神女下蛾眉細、看他含
咲坐屏閨倚新妝半晌嬌橫翠（見科）學画蛾眉翠淡
濃遠山春色在樓中、須臾日射胭脂頰、一朵紅酥旋欲融、小玉姐、初見你
時一室之中、若瓊林玉樹交枝皎映、轉盻之間、精彩
射人、聽你言敘溫和、詞旨宛媚、解羅衣之際、態有餘
妍、到得低幃暱枕、極甚歡愛、小生自忖巫山洛浦不
如也、（旦含咲科）惶愧惶愧（生）我有友人韋夏卿
崔允明、約來相賀、須是酒肴齊備（旦）理會得

鵲橋仙（上）（韋崔上）紅壁窺鶯、銀塘浴翠、着處自成春意、泰

樓蕭史鳳初飛望雲氣十分濃媚（進𢵧見科）正好正好、請新郎新人、賀喜、才子佳人、可是人間天上也、筆花新展畫眉才、仙女吹笙學鳳臺（生旦）天上忝成銀漢匹、人間恭喜客星來、（生）看酒（浣將酒上）生香聞舊酒、熟客見新人、酒到、（生旦把酒科）

（玉山兒）（生）畫堂客至、整襟𧄍鸞鶴低飛、銀荷上絳燭飛輝、寶爐内篆烟沉細（旦）對舊遊新喜、不由咱蹙眉半聚、裏手拈鸚嘴（生旦）濁釵垂倚郎微拜、渾覺自嬌癡（合）

（又）（崔）露華朱邸自生成、玉葉金枝、印春山半暈新眉破朝花一條輕翠（韋）画梁初日一片美人雲氣、並上能多麗（崔韋）是便空尋常花月偏是你遇仙時（合）

分去声

甸去声

（又）（生）幾年排比背長廊月下尋梅見佳人獨自徘徊恰好事恁相當對（旦）是前生分例儘百媚天生乞與消得多才藝（生旦）遂心期紅顏相向直是好夫妻（合）

（又）（韋）可人風味近軒庭晝漏遲遲瑞香風吹引仙姬牡丹春襯成多麗（崔）俺狂儔怪侶來盼問雨香雲迹向荳蔻稍頭翠（合）（崔韋）早些時宜男開放休辜負碧桃棲

韋罷酒小弟一言君虞既婿王門眠花坐錦郡主宜效樂羊之織助成玄豹之文休得貪懽有羈大事

朱奴兒（書韋）好男兒芙蓉俊姿儔嫦娥桂樹寒棲（崔）勸取郎腰玉帶圍休只把羅裙對繫（合）書齋榻舉案齊眉穩倩取花冠紫泥（旦）二君在上李郎自是富貴中人只怕富貴時撇了人也

〔又〕〔旦〕婚姻簿是咱為妻怕登科記註了別氏〔崔〕十郎不是這樣人肘後香囊半尺絲想不是薄情夫壻〔合前〕〔崔〕君虞三人中你到有了鳳凰巢俺二人居然窮鳥不論靡家靡室兼之無食無衣如何活計〔生〕小弟在此從容圖之〔尾聲〕〔崔〕相女配夫雙第一〔韋〕論相夫賢女也得令無二〔合〕眼看的吹簫樓上一對鳳凰飛

客賀新婚飲半酡　勸郎遠志莫蹉跎
酒逢知己頻添少　話若投機不厭多

## 第十五齣　權夸選士

越調〔鸞牌令〕〔衆擁盧太尉上〕獨坐掌朝樞出入近乘輿君王詔勅春令殿前兵馬洛陽都指鑾輿與東巡遊駐大比年怕試期躭誤詔就此開科選俊儒咱怎生開

塞了賢門戶西賓東主帝王家、行幸中都止翠華、才子來攀春月桂、君王坐問洛陽花、自家乃盧太尉是也、盧杞丞相、是我家兄、盧中貴公公是我舍弟、一門貴盛、霸掌朝綱、今年護駕東遊洛陽、怕春選誤期、即于洛陽行省、掛榜招賢、思想起俺有一女、年將及笄、不如乘此觀選高才為婿、左右那裡、〔堂候跪科〕〔淨〕聽分付、說与礼部、凡天下中式士子都要參謁太尉府、方許註選、正是近水樓臺先得月、向陽花木易為春〔下〕

第十六齣　花院盟春

〔浣紗上〕意態精神畫亦難、花枝實個好團欒、曲轉新聲銀甲煖、酒浮香米玉蛆寒、自家浣紗是也、郡主配了李十郎、把秋鴻賞了浣紗、秋鴻伶俐知書、却被十郎使得東去西去、到不如俺家鳥兒、配了櫻桃、两口鎮日竈前竈後、正是乖的忝碌碡、獃得眼前熟、癡的不出屋、夜夜皮穿肉、俺看李郎和郡主、十分相愛、今早又分付花園遊憩、俺取了白玉碾花尊、盛了碧桃新釀、剛紅矮几、擺着菓葉碗數十枚、且是郡主絃管

那音懦

那音灘

朝音招

罥音絹

之暇、雅好詩書、筆床墨硯、多是王家舊物、都帶巾箱伺候、一對兒早到也（旦上）

憶秦娥深深院、弄晴時候東風軟、東風軟、晝長無那、暖鶯初囀（浣）夢餘只喚添香篆、畫眉一線屛山遠（合）屛山遠、捲簾花風、夜來深淺、春光好（旦）紗牕淺畫屛、深意深春着裙腰、無力猜知音（浣）燕尾剪裁羅勝、翠茸點綴花簪、小姐呵、你一點春攢無限事、小眉心（旦）浣紗、眉心有甚事來、浣小姐未遇李郎時、打鞦韆、擲金錢、賭荔枝、拋紅豆、常自轉眼舒眉、到李郎上門、鎭日紗窗裡、眉尖半簇、敢自傷春也（旦）怕怎比做女兒時由得自家心性、那（浣）可是成人不自在哩

夜遊宮（生）宿雨朝陽館、鬆花控、柳烟初滿、幽歡何妨日日展、擁溫柔、恨夜來寒頓淺、浣紗溪（生）輕打銀箏落燕泥、暖絲高罥畫樓西、（旦）花冠閒上午牆啼、（生）眉色暗深吐芳艸、逕鷰花輕綻碧桃溪、（旦）個人何事閑深閨、（生）娘子說何事閑

糝音傘
窣音促

深閨与你春遊半日(旦)酒籠衣箱俱已齊備請行(行科生)名園春色正相宜(旦)夫壻前行少婦隨(生)竹裡登樓人不見(旦)花閒覓道鳥先知(浣)這是百花園門首哩

(畫眉序)(生)花裡喚神仙幾曲園林芳逕轉(旦)正春心滿眼桃李能言鋪翠陌平莎茸嫩拂画簷垂楊金偃(到門科)(合)春成片無人見平付與鶯梢燕剪(一咱遶花行一遭也)

(黄鶯兒)(生)偷眼豔陽天帶朝雲暮雨鮮(旦折花科)一枝低壓空春院芳心半點紅妝幾瓣和鶯吹折流霞茜糝香肩春纖袖口拈插鬢雲邊(生送酒科)

(皂羅袍)仙酒把玉人低勸背東風立穩微哄花前斜簪拋出金縷懸步香埃窣地淩波見(旦作醉科生)湘裙皺

覆音阜
去声

鞾睛絲翠烟粉融香潤揥嬌恣妍真珠幾滴紅妝面
（啄木兒）（旦）狂耍壻遊戲仙荳蔻圖中春數點閒心性
皺花呵展繡工夫蘭桃幾線却怎的半踏長裙香逕遠
和你向銀塘照影分嬌面怕溜閃了釵頭髻影偏（浣）天
雨裡（作避雨科）
（玉交枝）（生）催花雨片度池亭艸氣薰傳點蜻蜓撇去
驚飛燕惹泥香掠水盤旋咱兩個一逕行來一字肩同
行覆着同心扇停半霎瀟湘畫闌坐一答繡墩金線
（坐科）（秋鴻上）洛下才人貪折桂秦中美女好觀花稟
相公天子畱幸洛陽開場選士京兆府文書起送郎
日餞程不得遲悞（生）如此快安排行李渭河登舟也
（鴻）明日放參京兆府春風催馬洛陽橋（下）（旦）新婚未

幾明日分離，如何是好，李郎你看我為甚宮樣衣裳淺画眉，只為曉鶯啼斷綠楊枝，春閨多少關心事，夫婿多情亦未知，妾本輕微，自知非匹，今以色愛，託其仁賢，但慮一旦色衰，恩移情替，使女蘿無託，秋扇見捐，極歡之際，不覺悲生（泣嘆科）（生）平生志願，今日獲從，粉骨碎身，誓不相捨，小玉姐何發此言，請以素練著之盟約（旦）浣紗，箱盒裡，取烏絲闌素段三尺和墨筆硯來（浣）烏絲闌在此（生作寫科）寫完呈覽（旦讀科）水上鴛鴦，雲中翡翠，日夜相從，生死無悔，引喻山河，指誠日月，生則同衾，死則共穴（旦）李郎此盟當藏寶篋之內，永證後期

【玉胞肚】心字香前，酧愿鎮同衾，心歡意便，碎心情眉角相偎，趁光陰巧笑無眠，絮香囊宛轉把烏絲闌翰墨妝全，向一段腰身好處懸（生）小生這點心呵

【玉山頹】你精神，桃李天生的溫香膩綿，惹嬌音春思

嚲音胆下同

胭音烟

無邊倚纖腰着處堪怜佳期正展為甚的顰輕笑淺教青帝長如願鎮無言一春心事輕可的付啼鵑（旦拜科）李郎有此心奴家謝也

川撥棹情何限為弱栁臺青眼怕只怕箋媒字殷又道得個海枯石爛囑付你輕休趁好花枝留倚闌李郎看〻日勢向晚（回科）

憶多嬌（合）春色黯香徑晚怯栖鴉啼向鳳城單乘倒景暮光殘染殘霞衣袖嚲春興闌珊又忙歸去階苔翠班（旦做跌科）

月上海棠（合）蓮三寸重臺小樣紅編綻怕逗了朱門

半約花關這一番遊滿春山較添得許多嬌眼人影散鞦韆外花陰裡叩響銅環（浣紗持燭上開門科）

（尾聲）一簾春色如雲鐸咱高燒銀燭到更殘怎說起送你個趁春風遊上苑

銀缸斜映晚妝紅　且照離情今夜中
夫唱婦隨長自好　青春明月不曾空

## 第十七齣　春闈赴洛

（秋鴻上）日暖鶯聲麗風輕馬足先主人能及第童僕也登天昨日相公分付今日赴科這早還未起來叫浣紗（浣上）（鴻）請相公起程京兆府有人伺候正是才子功名易佳人離別難（下）

（十二時）（旦上）何事春艸〻正銷凝未了燕爾歡遲鴛班料早枕屏山夢斷魂遙強起愁眉翠小銀瓶寫水促朝裝泪燭紅

銷影曙光、卻怪、㶖身珠翠吟〻、無人偎暖醉紅鄉、奴家與十郎為夫婦幾日、不想行幸洛陽、彼中開選、李郎要赴京兆府起送秀才、雖則半月之程亦自牽人愁緒、早已拜辭了老夫人也

朝音招下並同

【遶地遊】（生上）青雲路有賦就凌雲奏望朝雲徘徊意久

（旦）李郎真個起行也

【黃鶯兒】紅袖濕夭桃乍驚回雲雨朝浪桃香二月春雷早你去後呵雲橫樹杪雨餘芳草画眉人去走章臺道

少去声

望迢〻金鞭惜與誰分玉驄驕

（又生）休恁泪鮫綃為朝陽停鳳簫乘龍人試把龍門跳

朝音潮

向黃金榜標披香殿朝洛陽才子爭年少望迢〻歸來攜手衫袖御香飄（鴻上）稟知船在渭河也（下）

廳平声

琥珀墜(旦)李少麗春園接受了求賢詔飲御酒三杯你醉了也不管咱朱門俏待泥金報英豪你趁着這春水船兒天上坐了

(又生)韻高多應我詩成奪錦袍沉香亭捧硯寫清平調也則怕你愁望的酥胸拍漸銷多嬌還你個夫人縣君七香車載了(鴻上)禀相公京兆府催請餞程也

尾聲(旦)去也呵不多時斷續鶯聲小還立盡暮雲芳(李)尊郎你去京兆府呵學一個京兆眉兒向畫錦描

游子帶天香　閨人戀夕陽

明知半月別　要使兩情傷

## 第十八齣　黄堂告餞

番卜算（上）（府尹）黃屋去東巡，紫詔來西尹。桃花春月起魚鱗，直上龍門峻。洛陽開榜喚羣英，老拙承恩尹漢京。視艸天書中秘出，插花春酒秀才行。下官京兆府尹是也。聖駕幸洛陽，開科選士，俺京兆府長安縣單起送李益秀才一人，早晚到也。

好事近（生上）京兆選才人，起送向長安灞津。飄飄獻賦欲凌雲，領取上林春信。（報見科）李益請拜見老先生。（拜科）（生）披雲纔見日，（尹）翰墨久聞香。（生）雅度憐鸚鵡，（尹）高飛看鳳凰。左右看酒。

長拍　紫詔皇宣，少年英俊，青衫上墨香成陣。李秀才，你此去呵，龍蛇硯影筆生花，遶殿晴熏。今日呵，吉日良辰，醉你個狀元紅浪，桃生暈。只望你烏帽宮花斜插，鬢軃帶垂袍掛，綠雲臨上馬，御酒三盃盡，喧滿六街

隗音米

塵香風細妒殺遊人（生）小生量淺告行（尹）未也少年中了採花郎還有好処哩

〔短拍〕翰苑風清蓬萊天近御香浮滿眼氤氳視艸玉堂人紫荷囊金魚佩那些風韻到大來管掌着紫微堂印少不的人向鳳池頭立穩越富貴越精神（尹送）（生科）

〔尾聲〕俺京兆尹送賢臣送你上朝班玉笏有精神做得個畫凌雲第一人

爐中九轉煉初成　舉主看時亦自驚
唯有太平方寸血　今朝畫向隗臺傾

第十九齣　節鎮登壇

〔點絳唇〕（衆將）（官上）塞艸烟寒旗門天半紅雲綻疊鼓凝旛

大將人懽看塞上經春氣色新關西纔換護羌軍堂堂上將登壇日笳鼓驚飛一片雲列位

吹去声

請了，咱們都係玉門關內將官，今日新節鎮劉爺升帳，伺候則個。（衆擁劉上）

（西地錦）意氣鳳凰霄漢，身當虎豹雄關。坐擁貔貅三十萬，錦袍玉帶朱顏。（鷓鴣天）曉風簫瑟（䌫）旌竿，画戟油幢劍氣攢。九姓羌渾隨漢節，六州蕃落拜戎鞍。○穿塞尾，出雲端，二月天西玉帳寒。何事連營歌吹發，漢家飛將舊登壇。自家扶風劉公濟是也，叨承將種，慣握兵機，初當塞北擒胡，今拜關西節制。日言魁罡，走馬升帳，分付衆將官放衆（衆）將官參見科（將官參見科）恭賀老爺封侯萬里。（劉）起來，關西事近日如何。（衆）聖日長輝，邊塵不起，十分平安。漢家開四郡，斷匈奴右臂，大唐分界西羌，為大河西小河西二國。近被吐番鈐哄生心，兩面之羌識，恐將來有妨邊計。（劉）如此須當演兵征討。（衆）領鈞旨。（演兵科）

（山花子）（劉）大唐朝素號天可汗，河西臂斷，呼韓問如參差吐番，怒沖冠帶挺獅蠻。（合）點旌旗風傳玉關

倚空同長劍天山外望河源臨風把星宿彈萬里封

侯圖畫凌烟（劉）衆將官俺關西鎮少個參軍如今吐番爭戰河西軍書冗急咱已寫下表文請一位新科翰林來作軍咨兼為記室河西一軍旌旗生色矣（衆）領鈞旨

（又）（劉）長鎗隊裡也要毛錐站軍咨記室優閒羽書飛奏擻凱還須詞鋒筆陣瀾翻（合前）

（尾聲）（衆將官）你豎牙旗打點刀環韝門外鼓角鳴霄漢還看取投筆新參他做個定遠班

大將從天陣捲雲　虎符初出塞西門
參謀到日飛書去　定報生擒吐谷渾

## 第二十齣　春愁望捷

（金瓏璁）（旦上）（浣）風日洗頭天綠影暗移鴛甃陂陰餘薄

衫寒透泥香燕子柔水碧鴉嬌皺一簾花雨濕春愁

惜分飛春愁無緒拖金縷、夢裊餘香不去、浣故故驚人睡、悶來彈鵲心兒喜、旦飄飄奏就凌雲賦、會是兒家夫婿、合望極波凝翠、盼花邊立馬泥金字、旦浣紗李郎赴舉、知得意何如、好悶也

傍粧臺旦傍粧樓日高花榭懶梳頭咱不曾經春透早則是被春愁暈的個臉兒烘哈的個眉兒皺鳴鳩乳燕青春正幽游絲落絮東風正柔這些些時做不得悔教夫壻覓封侯

又浣謾凝眸他可在杜鵑橋上數歸舟你合的是夫妻樂他分的是帝王憂怎做的尋常般兒女儔䖵蟻樣雌雄守他是西京才子教他罷休洛陽春老知他逗

遛只願他插花筵上占定酒頭籌

（又旦）錦袍穿上了御街遊怕有個做媒人闌住紫驊騮美人圖開在手央及煞狀元收等閑便把絲鞭受容易難將錦纜抽笙歌畫引平康咲番烟花夜擁俺秦樓訴休恁時節費人勾管爭似不風流

（又浣）你好似一眉新月上簾鈎百季人般不上半季週雨雲香猶自有絲蘿契急難丟你夜香不冷花前咒他畫錦還歸月下遊你花冠領取因何恁憂香車穩載因何恁愁少不的卿卿榮耀占住了小紅樓

（尾聲）泥金喜畫堂幽印押的鸞封紅耀手只這些些時

燈花閒弄玉釵頭。

長安此去無多路，鬱鬱葱葱佳氣浮。
良人得意正年少，今夜醉眠何處樓。

第二十一齣　杏苑題名

【天下樂】(文武官上)玉署春光紫禁烟，青雲有路透朝元，三天日色黄圖外，四海雲光綠字前。列位請了，今日殿試放榜，聖旨親點了隴西李益書判拔萃，堪為狀元，早到五鳳門外恭候也。

【卜算子】(生)鸞鳳遶身翻，奏徹祥雲見，姓字香生紫陌喧，日近君王面。(衆)請狀元謝恩。(生)謝恩科

【滴溜子】聖天子，聖天子萬壽臨軒，賢宰相，賢宰相八柱擎天，人中選出神仙，總送上蓬萊殿，宮袍賜宴謝

強音降

皇恩今朝身惹御爐烟（衆）請狀元赴宴（行科）

（又）咲從前咲從前文章幾篇喜今日喜今日笙歌上苑十里珠簾盡捲纔認得春風面祥雲一片浪桃香曲江人醉杏花筵

（尾聲）鈴索一聲花滿院這清高富貴無邊多和少留些故事與人傳

紫陌萬人生喜色　曲江千樹發仙桃
青雲已是酬恩処　莫惜芳時醉錦袍

第二十二齣　權嗔計貶

（一落索）（盧上）剱履下朝堂平步星辰上春風桃李遍門牆敢有一枝兒直強隻手擎天勢獨尊、錦袍玉帶照青春、洛陽貴將多陪席、魯

衙去声

國諸生半在門。自家盧太尉、長隨王輦、協理朝綱。聖駕洛陽開試、咱已號令中式士子都來咱府相見。昨日開榜、有箇隴西李益中了狀元。細查門簿、並無此人姓名。書生狂妄如此、可惱可惱。咱有一計、昨日玉門關節度劉公濟一本、奏討參軍。俺就奏點李益前去、永不還朝、中吾計也。堂候何在。（堂候上）玉班丞相府、花事洛陽春。稟老爺有何分付。（盧）天下士子、俱到太尉府。可怪新狀元李益獨不到吾門。俺有表薦他玉門關外參軍、你去文書房說知。

【鳳帖兒】你說他書生筆陣堪為將、編修院無他情況。那劉節鎮可表求個參軍選人望。（合）須停當、奏兵機特地忙。（堂候）知道了。（盧）還分付你。

（又）你說玉關西正干戈廝嚷、寫勅書付他星夜前往。官兒催發、不許他向家門衙。（合前）

忪音松

堪咲書生直恁愚　教他性氣忢邊隅
人從有理稱君子　自信無毒不丈夫

## 第二十三齣　榮歸燕喜

【喜遷鶯】（旦浣上）鵲語新晴，奈初分燕爾，參差上苑聞鶯。雲近蓬萊，烟消洛浦，正春風十里柔情。怎愁隨綉線初迴，夢繞香絲，欲住春困也，紅妝向晚，歸來莫誤卿卿。盖世文章金馬門，京西才子洛陽春。東風不捲珠簾面，待向花邊得意人。昨夢兒夫洛陽中式，奴家梳粧專任，好喜也。

【二郎神】憑闌定，正東風人在洛橋花影。試看春衫鬆扣頸，幾迴纖手，薰徹金猊爐冷。好是舊香荀令語，傳停鬖新妝，遊画省，夢忪惺，背紗幮，教人幾番臨鏡

應平声為去声

奄音暠

（又）重省別時呵衫袖兒翠臟酒痕香迸（浣）十郎終日遊街耍子哩

想應他也為我懨懨病日高慵起長是記春醒未醒

（浣）蛛絲兒早喜也（旦）恁雨絲烟映弄蟢蛛兒晴甚風光展翠眉

相領正銷凝好流鶯數聲堪聽

（玩仙燈）（上）（老旦）車馬正喧迎新狀元花生滿徑（見）京兆府接新狀元將至說是李郎也快備簫鼓迎宴

（喜遷鶯）（生擁）（衆上）御道塵銷春晝永彩雲簫史門庭飛蓋

妨花停驄襯草此日風流獨勝（見科）獻賦已成龍化去除書親得鳳銜來

花明驛路胭脂煖山到秦樓罨畫開（老旦）狀元及第恭承晝錦之榮賀喜賀喜（生丑）指日長安闕奉泥金之報

慚愧慚愧（老旦）浣紗看酒（浣上）袍香宮裡綠春色狀元紅酒到

（画眉序）（老）花煖洛陽城似獻賦河陽舊風景喜吹嘘
送上九天馳騁探一枝春色歸來帶五彩祥雲飛映
（合）跳龍門此日門楣應簫鼓画堂懽慶
（又）（旦）曾中雀金屛你是個入彀英雄愛先逞羨似郎年
少把縣君親領舊相如有駟馬前言新京兆穩畫眉
清興（合前）
（又）（丑）曾傷玉梅清報春色江南未孤冷喜素娥親許暗
香相並展漢宮帽壓花枝暎月殿釵橫梅影（合前）
（又）（浣）（鴻）春滿玉蓬瀛寶燭籠紗篆烟鼎看宮袍袖惹翠
翅花勝雨露恩天上碧桃春風燕日邊紅杏（合前）（使）（客上）（客）

路朝〻換鶯啼處〻關報知金馬客參佐玉門關下官盧太尉帳下徑來報李狀元除了劉節鎮關西府內參軍事早晚催赴邊關此處便是(通報見科)(生)久領朝命容下官數日起程(使)使得咱在灞亭西相候也(下)(旦驚問科)門外那官兒報狀元那裡去(生低云)朝命催俺去玉門關參謀劉節鎮軍事不久便回

【滴溜子】(老)謾說道三千丈風雲路徑乍歸來且把十二西樓月映趁韶華入懽娛佳境便似尋常喜氣近門闌也盼煞迴鸞影兀的真個乘龍怎生不竝了(生)醉也

【鮑老催】(旦扶遊科)從天喜幸緣衣郎近得紅妝敬與郎醉扶起玉山凭休酩酊空豪興當歌詠守得你探花人到蜀春騰你向天街上遊衍把香風趁合懽樹令端正

【雙聲子】(衆)門庭興門庭興遊晝錦春光凝非儀偉非

凝去声

稱去声

稱去声教平声

僬平声

僥倖郎君福夫人命與相稱與相稱皇恩盛皇恩盛羨夫榮妻貴永久歡慶

(尾聲)從今後一對好夫妻出入在皇都帝輦行謝皇恩瞻天仰聖(生)則怕少不得綠暗紅稀出鳳城

朱衣頭沓引春驄　歸到蓬壺畫錦濃
果稱屏開金孔雀　休教鏡剖玉盤龍

## 第二十四齣　門楣絮別

(步步嬌)(老旦上)彩雲欲散秦笙徹向御溝頭流水別嬌啼暗幽咽去馬驚香從輪遶月凡暈的塞塵遮好門楣作了陽關疊(謁金門)留不得留得也應無益小玉底抛擲柳色灞橋今日忍看鴛鴦三十六孤鸞還一隻自家鄭六娘女兒小玉招得李十郎名魁春榜官

蹁柴上声

行音杭

拜詞林、便差去西鎮參軍、聽得關西吐番軍情緊急（悶科）我的女兒也

（醉扶歸）合歡衾覆着繞停帖、連心枕結得好周遮、蹁雙絲半步不離些、亂花風擺亞金泥蝶、郎馬兒踮不了七香車、關山點破香閨月、

（又）（浣）恰好的鳳鸞簫雙吹向漢宮闕、怎教他旗影裡把筆陣掃龍蛇、小姐呵昨宵燈兒下打貼的淚行斜、今朝車輪上踐碎的柔腸絕、杜鵑來了好咨嗟、知後會甚時節、

（鮑上）乍雨乍晴春自老、閑愁閑悶日偏長、細聽鶯語移時立、似怨楊花別路忙、聞得李十郎高中、還鄉、從軍遠去、持取一分春色相看萬里征人、（見科）（鮑云）鄭夫人、你為十郎遠征、眼稍兒啼得好苦也、（老）咱娘兒命薄也

敎平声

（女冠子）（生上）離愁滿目還雌雄劒花偷覷漸魂移帶眼夢飄旗尾玉驄嘶緊畫鸞飛墜（旦上）鏡臺紅淚雨送江左參軍洛陽才子（衆合）遶屏山舊路幾許驩娛少秊羈旅（老見哭科）李郎眞箇生別離呵苦殺老娘也（生）四娘也在此

（古女冠子）（老）覷得着新狀元爲女壻正喜氣門闌歡聚一杯春酒玉孫路看不足怎教去（生）使婦好生護着家門也（老）王門老婦何須疑誤便待你侯封絕塞奇男子咱身是當門女丈夫（合）別離幾許省可也薄情分付

（又）（生）妻你須索不捲珠簾人在深深處踏着這老夫人行步老夫人呵愧仙郎儞不着門楣住冷落你鳳將雛（老）李

郎早回、妾身老乖人也（生）瑤池西母把絳桃深護咱把壽山的岳母向遙天祝愛海的閨娃窄地呼（合前）

（旦）（又）人去也知他此恨平分取淚閣着斷雲殘雨更無言語空相覷老夫人直恁苦看女配夫等閒離阻咱夫妻覆不着桐花鳳子母空啼桂樹烏（合前）

（貼）（又）畫堂前訴定個花無主似人家燕子妻夫儘商量止不住他鵬程路說得個儒冠誤便怎待何如留他怎住怕猿聞離別堪腸斷便蟻大前程也索拚命趲

（合前）（將官上）上將經期在、灞陵難久羈羈請參軍起行（生拜辭科）老夫人呵

（一撮棹）你慈闈冷好温存你個鳳女孤（老）李郎你邊關苦

行晉杭

好將息你化龍軀（生）四娘（鮑）他娘女伊家早晚間好看覷
（鮑）深領取還是你早回車（旦）眼見的拋人去有詐不
盡的長亭語（合）眞去也早和晚索盼取幾行書（老）李郎幾
時回來（生）多則一季
哭相思尾（最苦是箇條兒嬌壻生離拆女娘們苦也
（老悶倒科）（生旦下）（鮑）老夫人休憂他萬里封侯歸來正好

門楣不久去關西　緣戀嬌女隱愁眉
流淚眼隨流淚水　斷腸人折斷腸枝

## 第二十五齣　折柳陽關

金瓏璁（旦上）（浣）春纖餘幾許繡征衫親付與男兒河橋
外香車駐看紫騮開道路擁頭踏鳴笳芳樹都不是

秦簫曲【好事近】(旦)腕枕怯征魂、斷雨停雲時節(浣)忍聽御溝殘漏迸、一聲悽咽、○(旦)不堪西望卓香車、相看去難說(合)何日子規花下、覷舊痕啼血(旦)浣紗、這灞橋是銷魂橋也(衆擁生上)

【北點絳唇】(生)軍容出塞榮華、這其間有喝不倒的灞陵橋接着陽關路、後擁前呼、白忙裡陡的個雕鞍住

旌旗日煖散春寒、酒濕胡沙泪不乾、花裡端詳人一刻明朝相憶路漫漫、左右、前軍停灞陵橋外、待夫人話別也、行(見科)(生)出門何意向邊州(旦)夫、你匹馬今朝不少蜀(生)極目關山何日盡(旦)斷腸絲竹為君愁、李郎、今日雖然壯行、難教妾不悲怨、前面灞陵橋也、妾待折柳尊前、一寫陽關之思、看酒過來

【北寄生艸】(生)怕奏陽關曲、生寒渭水都、是江干桃葉淩波渡汀洲艸碧粘雲漬、這河橋柳色迎風訴(折柳科)柳呀纖腰倩作綰人絲、可笑他自家飛絮渾難住(生)想昨夜歡娛也

為去声

（又）倒鳳心無阻，交鴛畫不如，衾窩宛轉春無數，花心歷亂魂難駐，陽臺半霎雲何處，起來鸞袖欲分飛，問芳卿為誰斷送春歸去。（旦）有泪珠千點沾君袖也

（又）這泪呵慢點懸清目，殘痕界玉姿，冰壺迸裂薔薇露，闌干碎滴梨花雨，珠盤濺濕紅銷霧，怕層波溜溢粉香渠。這袖呵輕臙染就湘文筯。（生）只恁啼得苦也

（又生）不語花含悴，長顰翠怯舒，你春纖亂點檀霞注，明眸謾處回波顧，長裙皺拂行雲步，便千金一刻待何如，想今宵相思有夢歡難做。（旦）夫玉關向那頭去

（又）路轉橫波處，塵飄淚點初，你呵去則怕羌卷帳額寒

凝綠茱萸帶眼圍寬素渠荷燭影香銷炷看画屏山障彩雲圖到大來蘼蕪怕作相逢路（旦）李郎你可有甚囑付

（又）（生）和悶將閑度畱春伴影居你通心紐扣蕤〻束連心腰綵柔〻護鷩心的襯褥微〻綮分明殘夢有些兒睡醒時好生收拾疼人處（旦）聽這話想不是輕薄的只眼下呵

解三醒恨鎖着滿庭花雨愁籠着蘸水烟蕪也不管鴛鴦隔南浦花枝外影踟躕俺待把釵敲側喚鸚哥語被疊慵窺素女圖新人故一霎時眼中人去鏡裡鸞孤（生）俺怎生便去也再看酒

（又）倚片玉生春乍熟受多嬌密寵難疎正寒食泥香

新燕乳行不得話提壺把驕驄繫軟相思樹鄉淚迴穿九曲珠銷魂處多則是人歸醉後春老吟餘（旦）你去教人怎生消遣

（又旦）俺怎生有聽嬌鶯情緒全不着整花朵工夫從今後怕愁來無着處聽郎馬盼音書想駐春樓畔花無主落照關西妾有夫河橋路見了些無情畫舸有恨香車（生）妻則怕塞上風沙老卻人也

（又）比王粲從軍朔土似小喬初嫁東吳正才子佳人無限趣怎弃擲在長途三春別恨調琴語一片秊光攬鏡嗟心期負問歸來朱顏認否旅鬢何如（旦）李郎以君才

教平声

分去声

貌名聲，人家景慕，願結婚媾，固亦衆矣，離思縈懷，歸期未卜，官身轉徙，或就佳姻，盟約之言，恐成虛語，然妾有短願，欲輒指陳，未委君心，復能聽否（生驚怪科）妾有何罪過，忽發此辭，試說所言，必當敬奉（旦）妾年始十八，君才二十有二，逮君壯室之秋，猶有八歲，一生懽愛，願畢此期，然後妙選高門，以求秦晉，亦未爲晚，妾便捨弃人事，剪髮披緇，夙昔之願，於此足矣

（又）是水沉香燒得前生斷續，燈花喜知他後夜有無，記一對兒守教三十許盟和誓，看成虛，李郎他絲鞭有分，多奇女，你紅粉無依，一念奴關心事，省可的翠綃封淚，錦字挑思（生作弟科）皎日之誓，死生以之，與卿偕老，猶恐未愜素志，豈敢輒有二三，固請不疑，端居相待

（又）咱夫人城傾城，怎遇便到女王國傾國也難模拜

辭你個画眉京兆府，那花鋟艷洒無娛，總饒他眞珠掌上能歌舞，忘不了你小玉窗前自嘆吁，傷情處看了你暈輕眉翠香冷唇朱。

（生查子）上 韋崔 才子跨征鞍，思婦愁紅玉，芳艸送鶯啼，落花催馬足。（平闌）得李君虞起行，到日午還在紅亭偎傍也。（見科）（崔）李君虞軍中簫鼓喧嗔，良時吉日早行早行。（生）實不相瞞，小玉姐話長，使人難別。（韋）昔人云，仗劍對尊酒，恥為離別顏。李君虞男兒意氣，一何畱戀如此。郡主，俺兩人還送君虞數程，回來便有平安寄上。軍行有程，未可滯他行色。正是長旗攙落日，短劍割離情。（下）（内作簫鼓科）（生）妻，你聽笳鼓喧鳴，催我行色，匆匆密意，非言所盡，只索拜別也。

（鷓鴣天）（生）捲幾啼回送你上七香車，守着夢裡夫妻碧玉居。（旦）不索回送也，但願你封侯遊畫錦。不妨俺啼鳥落花初。眾擁生下（旦）他千騎

數音朔　糝音傘　使去聲、戍音恕　埒音列

擁萬人扶富貴英雄美丈夫〔旦〕浣紗送語參軍教他關河到處休離剜驛路逢人數寄書

一別人如隔彩雲　斷腸回首泣夫君　玉關此去三千里　要寄音書那得聞

## 第二十六齣　隴上題詩

〔金錢花〕〔衆〕〔上〕渭城今雨清塵、清塵、輪臺古月黃雲、黃雲、催花羯鼓去從軍、枕頭上別情人、刀頭上做功臣　列位請了、俺看參軍夫人離別、好不疼人也、一點紅旛參軍早上

〔滿庭芳〕〔生〕〔上〕路糝長楊、魂銷折柳、畫橋水樹陰勻、玉堂秊少何事拂征塵、為問綠窗紅淚、芳尊冷、袍袖香分蜀不得灞陵高處、猶自帝城春、城頭日出使車來、古戍花深馬埒開、忽聽

嗚笳兼画角聲聲思入古輪臺恨殺陌頭楊柳色綰定青衫留不得思婦空題謂水南征夫早向交河北昨去香閨灞橋折柳非不縈我心曲其奈輿彼簡書只得收泪長辭麾軍上路左右起行

（朝元歌）（衆）風氳馬塵曉色籠驂靷河濱彩輪綠水隨流軫黑隊奔蛇文旗畫隼電轉星流一瞬疊鼓揚鉦南庭朔方知遠近艸色伴王程皇華勞使臣（合）遊韁帶緊早趁封侯鵲印

（又）（生）回首長安日近東方送使君南陌恨閨人雪嶺燕支陽臺翠粉去住此情難問短劍防身胡沙彫顏吹旅鬢蕩子去從軍恩榮變苦辛（合前）（衆）稟爺前面隴頭水一支入漢一支入胡（生）這分流水是斷腸流也隴上題梅杳無便使咱口占一首綠楊着水艸如烟舊是胡兒飲馬泉幾

處吹笳明月夜何人倚劒白雲天從來凍合關山道今日分流漢使前莫遣行人照容鬢恐驚憔悴入新年

（又）（衆）隴上謾尋芳信顧恩不顧身還自想羅裙古戍笳鳴關山笛隱也不管梅花落盡立馬邊巡流水聲中無定準飲馬斷腸津思鄉淚滿巾（合前）（鎮西軍鼓吹上）鎮西官校迎接參軍

（又）（衆）落日長城隱隱星芒拂陣雲月點照花門谷口旗迴烽亭樹引轉過西河上郡氣色河源天街旄頭猶未隕長吁立功勳邊城麴米春（合前）

心期紫閣山中月　身過黃堆峰上雲
年髮拚從書劒老　戎衣今作李將軍

## 第二十七齣　女俠輕財

（旦上）【月兒高】嫌單愛偶迭的腰肢瘦離愁動頭正是愁

時候首夏如妖這冷落誰生受君知否池塘綠皺雙鴛鎖並頭(卜算子)花月湊新懽、弄雨晴初懨、夫壻不鳳流取次看承宴、去去怎回頭、路轉屏風摺、一點在眉心、懶蘸花黃帖、浣紗、相公去了幾日也、(浣)好幾日哩(旦)崔韋二秀才說送李郎出境、回音還不見來、想起當初呵

(銷金帳)花燈會偶驀地情拋受短金釵斜髻濇姻緣那般輻湊那般圓就不枉了一對靈心兒聚頭翠淺紅深揉定花間手看他取次取次兒偎融個透

(又)(浣背唱)他雲嬌雨弱倚定個陽臺岫唱陽關春事休看他那般迤逗那般僝僽逞纖腰暮雨暮雨河橋折柳帶結同心翠濕了啼痕袖少不得一聲去也去也摧

攢的勾（旦）浣紗，咱夜夢見也

（又）心情宛舊遶，定咱身前後，咱低聲問還去否，問他這般不湊，那般不抖（低唱）便待牕前牕前，推枕兒索就，呀，回首空床，斜月疎鐘，後猛跳起人兒，不見不見，枕根底扣（浣）小姐，且向相公書房中閒走散心（行科）

（又）（旦）綠窗塵覆，硯中琉璃瀝（浣）怎生秋鴻遺下這文房四寶哩（旦）行箱內他自有瑣牕兒都是嫩答也。看他那邊鋪皺，這邊縈繡，不信蒼苔蒼苔比情交厚（浣紗，想有人來也（低唱）榻影明牕曾和他書齋後（浣）有人來（旦作慌科）猛擡頭聽牕外牕外啼鶯一晝（旦）浣紗，書窗外半枝青梅好摘下也（虛避科）（韋崔上）

為音声

（又）長安盡頭送別個儒林秀怕斷腸人倚樓兩個一時懽湊一時愁就則為個些個些兒香溫膩柔呀門兒裡可是小玉姐哩見客人來襪剗金釵溜和羞走也走也撚青梅做嗅（旦）浣紗來的韋崔二先生問他送李郎何處有甚回言

（又）知他去後個底思量否長相見還怕舊禁的眞個開頭眞個丟手便送了他幾個長亭出秦關訴休有的情詞寄上俺粧臺右這幾日孤單單教人快瘦

（風入松）（韋崔）浣紗你聽俺道來俺送他一鞭行色照河洲伴皇華兩三宿見他向彩雲斷處頻回首青衫上閣泪偷流拜上郡主待寫萬金書別來未久囑付你千金體免離

瞅音揪

憂（浣）還有甚話（崔）秋鴻叫你個浣紗姐、不要胡行亂悉、（浣）啐、帶脚的不飛勾了、（旦）歎（科）原來李郎回音、叫俺將息、俺霍府一䇄大家門李郎去了他可有甚房分、在這長安、央他一個來看守家門到好、你請韋崔二秀才外坐、俺這裡問他、（浣）請韋崔外坐（科）（韋崔）郡主欲問何事、（旦）李郎去任匆匆、妾身未得細論家事、二位交遊既久、知他更有何人（崔）郡主敢是怕十郎有前夫人麼

（又）他從來鰥處比目不曾瞅（旦）不為此、問他身傍帶有甚麼人、（崔）只有秋鴻小斷問前魚何處有（旦）不為此、問他骨肉有何人（韋）他身星照定無骨肉、儘四海為家浪遊（旦）也可憐他、少季才子、恁的孤窮（崔）也是他奇遇看藍橋遇仙是有平白地顯風流（旦自云）原來如此、且住、俺家也無以次人丁、便要訪問李郎消息、也沒個人、前日李郎說他與二人至厚、兼他客中貧窘、咱家少什麼來、不如因而濟之、以妝其用、浣紗請二位秀才、聽俺道來

〔又〕鳳拋凰去孤冷了鵲巢鳩既無春鸝、二位先生緩便是嫡親相看也急要個鶻鴒兒答救〔崔〕二生客中貧忙、怕沒工夫看管〔旦〕這箇不妨、衣食薪芻、咱家支分尋常金幣不着你求咱家私要的是有毛詩云丈夫之友、將雜佩以贈之雜佩因何贈投望看承報瓊玖〔韋〕既承委托、凡有所聞托崔兄轉聞〔崔〕使得

〔又〕〔韋〕你疑粧穩坐在鳳簫樓有甚事教浣紗姐傳示便了〔崔〕付青雀傳言他卽溜俺二人不便頻來怕外觀不雅往來稠專打聽遠信邊州〔韋〕是則是弟兄朋友閨門裡要你自持籌浣紗姐、拜上郡主咱二人去也

〔尾聲〕生涯牢落長安走向朱門領取閑愁這女子賢哉女

俠叢中他可也出的手（下）（浣）兩箇窮酸貼他怎的

只因夫壻遠從軍　急難之中也要人

正是礼從人意起　何須財出畵家門

## 第二十八齣　雄番竊霸

胡人謂天曰撐犁謂盛曰零逋

（點絳唇）（淨扮吐）（番將上）生長番家天西一架撐犁大家來零逋番帳裡妝千馬塞外陰風捲白蘆金衣瑟瑟氣豪粗邏娑一望無邊際殺氣飄番小拂廬咱家吐番大將是也吐番路熟穿心七百餘里生羌殺手二十萬人橫行崑崙嶺西片片雪花吹鐵甲直透赤濱河北雄雄星宿立鎖刀休在話下所有小河西大河西二國原屬咱吐蕃部下近日唐憲宗皇帝中興與俺相爭要彼臣服那大河西出蒲桃酒小河西出五色鎮心瓜正要搔擾時節不免喚集把都們號令一會（衆上）

鎖音資

（水底魚）白雁黃花塵飛黑海涯番家兒十歲能騎馬

行音杭 答上声 着音招 野音啞 剗音產 燕平声

嗚笳皮帽兒影着黑神鴉風聲大撞的個行家鐵里

溫都答喇（見科）（番將）俺國秊秊收取大河西國蒲桃酒、小河西國進五色鎮心瓜、如今正是時候、點起部落們去搶他一番、聽令（衆應科）

（清江引）皮囊氈帳不着家西面天圍野漢兒防甚秋塞艸偏肥夏一弄兒把都們齊上馬（衆作嗅香科）

又蒲桃酒熟了香打辣凹鼻子寒毛乍醉了咬西瓜剗起雪山花纘行程番鼓兒好一會價打

初夏艸生齊　番家馬正肥
射飛清海上　傳箭玉關西

第二十九齣　高宴飛書

（一枝花）（劉上）牙旗翻翠旄彈壓燕支道轅門金甲偃閑

稱去声 綸音關

吹去声 戍音庶

冠去声

吟眺玄髩初驚坐聽新蟬噪大樹將軍老柳色槐陰

偏稱羽扇綸巾清嘯(臨江仙)河漢千季鳳舞烟沙萬
里龍荒封侯只愛酒泉鄉關山

瞻漢月戈劍宿胡霜○紫塞夜搖風角薇垣曉動星
芒翩〻書記舊河梁幕中邀謝鑒麾下得周郎自家
劉公濟是也承天子命拜朔方河西二道節鎮近移
軍玉門關外奏准聖旨親點狀元李益參軍乃吾故
人也報說今日到任已分付各邊城旌旗號令
精整一番堂候官備酒(內鼓吹科)(生擁衆上)

(滿江紅)寶馬嘶雲青絲鞚籠鞭袖梟河橋聽鳴笳疊
鼓暮山欲噪玉帳門前歌吹動戍樓嶺上紅旛遶(衆

風烟河畔引王孫青〻艸(見科)詞場第一名(生)軍事
得參鄉(劉)客冠三台坐(生)
人依萬里城(劉)笑科李君虞今日劉公濟可是喜也
左右看酒(堂候)日永篆香空畫軸風清繡幙好投壺
酒
到

幢音壮
冠去声

（梁州序）（劉）玉堂牽少日筆天表共仰羅容廊廟何緣關塞逢迎仙旆飄揺似你三千禮樂十萬甲兵百二山河小自來帷幄裡夢賢豪萬里雲霄一羽毛（合）清和旌煙塵道展營門細柳平安報軍中宴鎮懽咲

（又）（生）非熊奇貌臥龍風調緑髩朱顏榮耀長城萬里君侯坐擁幢旌快覩軍容出塞將禮登壇冠世英雄表金湯生氣象迴銅標圖画在麒麟第一高（合前）（劉）孫軍到此、郎有軍中一大事請教、玉關之外、有小河西大河西二國、自漢武皇開西域四郡、隔斷匈奴、這兩國年：貢獻大漢、大河西獻蒲萄酒、送在酒泉郡賜宴、小河西獻五色鎮心瓜、送在北瓜州犒賞、到大唐初年舊規不改、近自吐番挾制、貢獻全疎、意欲興兵、相煩草奏（生）容下官措思

單音禪　戍音庶　觥音肱

【又】〔劉〕碧油幢燕雀風高，金字旗龍蛇雲遶，聽單于吹徹平安烽早。深感主恩鄭重，軍令分明，你筆陣狼烟掃。試揮毫倚馬，西飛插羽翅。〔合前〕〔生〕老節鎮在上，河西貢獻不至，興兵主見不錯。但是四五月間晴雨不常，天氣未便。下官叨以筆墨從事，願草只尺之書，先寒二國之膽。更容下官分兵戍守回中受降城外，綴吐番之路，使他不敢空國而西，則酒泉不竭于唐，甘瓜復延于漢矣。〔劉〕參軍高見，此乃王粲登樓之才，李白嚇蠻之討也。左右取大觥進酒。

【又】〔生〕染宮袍來附金貂，總戎陣未妨魚鳥，擁花邊簇馬風前欹帽。憶西清別騎，東府君侯，不信邊頭好。侍雄豪書劍從軍，敢告勞。〔合前〕〔衆上〕整頓舞衣雲出塞，動搖歌扇月臨邊。

【節節高】〔旦衆〕〔樂科〕金花貼鼓腰，一聲敲，紅牙歌板齊來到。

龜茲樂唱作丘慈澇
洒沙上声樂音澇
掉音吊
毽音渠
敎平声斜音姆

龜茲樂于闐操花門笑怕人間譜換伊梁調甘州入
破横雲叫（合）酒洒西風酋征袍軍中且唱從軍樂
（又）（衆旦）（舞科）裁停碧玉簫陣花飄河西錦帶翩翩耀風前
掉掌上嬌盤中俏臙脂山下人季少紅毽隊裡華燈
照（合前）

（尾聲）聽鳴笳芳樹篇〻好小梁州宴罷人長嘯單則
是玉門關外老班超

軍中高宴夜堂開　城上烏驚探馬來
火照墨花飛草檄　衆傳君負佐王才

（劉弔場）叫中軍官明早到參軍府領下檄文二道矯
詔宣諭大小河西責其貢獻不服之時興兵未遲正
是鞍馬不教生髀肉
檄書端可愈頭風

青酸猊

# 第三十齣　河西款檄

〔粉蝶兒〕（大河西回回粉過）（面大鼻髭鬚上）撒采天西泥八喇相連葛剌咱占定失蠻田地馬辣酥拌飲食人兒肥美花藥布纏匝胸臍骨碌碌眼凹兒滴不出胡桐半淚（自家大河西國王是也天時蒲桃正熟東風起釀酒貢獻吐蕃今又聞得大唐天子起兵把定玉門關要咱國伏降咱國無定先到者為大咱便釀下葡萄酒看大唐吐番誰先到也（番卒上）報報大唐使臣到（內呼科過）使臣到大唐皇帝詔諭大河西王跪聽宣讀昔漢西域說開葡萄歸漢今遣劉節鎮李參軍鎮定大河西可從節制不服者興兵誅之叩頭謝恩（番王起云）請大唐使臣喫馬桐宴（內應云）即往小河西去不可久停請了（番王云）俺國降唐也自有河西稱大國從今斗北向中華（下）

〔新水令〕（小河西回回青過）（面大鼻髭鬚上）火州西撒馬兒田地大猴猊

㵘音下

氈音普鶻音屋龜茲音丘

降伏了䝟着氈旃兒做坐席恰咬了些達郎古賓蜜渠了些火敦腦兒水鑌鐵刀活伶俐燒下些大尾子羊好不攛人的鼻自家小河西國王是也先奉臣伏大唐近日貢奉吐番到瓜熟時吐番便來蹂踐一番若再來擾到不如降了大唐也(内呼云)詔使到大唐皇帝詔諭小河西王跪聽宣讀皇帝念小河西絕遠今遣劉節鎮李參軍撫之逆者興兵誅討叩頭謝恩(番王跪云)請大唐使臣喫了燒羊尾巴去(内應云)使臣便往回中受降城斷絕吐番西路不得遲慢請了(番王云)咱降唐罷正是詔從天上下㵘殺小河西(下)

(一枝花)吐番將黑臉領衆上當風白蘭路避暑黃楊渡槍槊兒剔透在三門豎閃閃風沙陣脚紅旗布打一聲力骨碌俺帽結朝霞袍穿氈魯𠜂彈金縷天西靠着悶摩黎回鶻龜茲拜

着音招　行音杭　嘶音札　窣音促　咭音吸　咯音格　啷音郎

舞瘀只有河西雙鷄子，西風吹去向南飛。自家吐番大將，起了部落，擡攪大小河西，好景致也。（行路打圍科）

（端正好）旗面日頭黃，馬首雲頭綠，艸栖迷遮不斷長途。大打圍，領着番土魯，繞札定黃花谷。

（滚繡毬）風吹的艸葉低，甚時節青疎疎柳上絲。聽的咿呀呀雁行鴉侶，吱嘶嘶野雉山狐，急張拘勾的捧頭獐，赤濁出律的決口兎，戰篤速驚起些窣格落的豪豬，咭叭喇喝番了黑林郎。雕虎急迸咯啷的順邊風，幾棒攔腰鼓，濕濁颯喇的是染塞艸，雙鵰濺血圖錦袖上糢糊。（呀，到大河西了。問蒲萄酒熟麽？（内應云）大唐使臣到此，俺國降唐了。（番将怒云）呀，大河西降了唐也。

〔又〕些ミ娘大的小河西，生性兒撒古，東瓜大的小西瓜，瓤紅子烏刺蜜樣香甜氷雪髓，小河西你獻咱瓜呵，省可了咱心煩暑，不獻呵瓜分你國土，敢待何如。〔内〕大唐分兵截你歸路去了，你國敢怕唐朝也。〔番將〕説大唐麽

〔尾聲〕暫回軍放你一線降唐路，咱則怕大唐家做不徹，拔刀相助，咱不道決撒了呵，有日和你打幾陣戰河西得勝鼓。

番家射獵氣晉魯　去向河西嘴骨都
似倚南朝做郎主　可知西域怕匈奴

重校紫釵記上卷

燕平声

# 重校紫釵記下卷

## 第三十一齣　吹臺避暑

【西地錦】（劉上）西地涼州無暑，有中天氷雪樓居。一時勝事誇河朔，看他小飲如魚。（一落索）西戟垂楊吹幕府，臺館新成，燕雀窺簷語。珠簾暮涼州唱徹人無暑。○參佐風流時一聚，肩學妒才鸚鵡。雨洗燕支路，且須高宴凝歌舞。俺劉公濟鎮守關西，李君虞參吾軍事，可謂翩翩記室。且喜征塵路淨，避暑筵開，近報得河西納款，早則喜也。（內作樂科）

【番卜算】（生上）六月罷西征，燕幙風徽度，雅歌金管按投壺，將軍多禮數。（相見科）（劉）避暑新成百尺臺，（生）軍中高宴管絃催。（劉）知君不少登樓賦，（生）正爾初逢袁紹杯。（劉）參軍，俺二人以八拜之交，同三軍之事，西事匆匆，未遑高宴。今茲天氣炎暑，小歆涼臺。左右看酒。（堂候上）臺高欲下陰山雪，晝永堪消沉水香。酒到。

綸音關　墅音庶

沁親去声

醑胥上声

惜奴嬌（劉）萬里長驅，喜軍中高宴，正屬吾徒。邊塵靜日永，放衙休務，正午。槐展油幢，皆臥沉槍，花催羯鼓難度，六月裡染征雲，怎不向吹臺歌呼。

（又）（生）男兒坐擁銅符，喜綉旗風偃，画棨雲舒，涼州路日遠，炎蒸不住，正爾羽扇綸巾，據床清嘯，圍棊賭墅，凝佇，看燕寢恁幽香，時裊碧㥯烟霧。（卒捧酒甕上）水色清浮竹葉，霧華香沁葡萄。稟老爺，酒泉郡獻大河西國葡萄酒。（劉）此酒參軍之功也，堂候行酒。

（鬪寶蟾）（劉）香浮頓遜，醍醐鎮葡萄，亂潰鴨頭新綠也，索向酒泉移封，把涼州誤取。（生）清醑想一牽風色，阻千日凍花，數暈珍珠，醡盡酸甜，㽃下水晶天乳。（卒捧瓜上）

北斗高如南斗、西瓜大似東瓜、禀老爺、瓜州獻小
河西國鎮心瓜。（劉）此亦參軍之功也、堂候進瓜

（又）（劉）清虛氷井沈、餘等半輪青破、一襟涼貯鎮紫甕浮
動素津流注（生）氷筋甘垂承掌露寒濺泣盤珠沁肌
膚避玉綻紅跳顯出個人風度（劉）好上望京樓一望也（生）望京有甚好処

〈錦衣香〉（劉）闌樹鋪濃陰護水萍紆徼風度飛樓外望
京何處（生）怕乘鸞烟去鳳臺孤邊聲似楚雲影雷吳
據胡床三弄影扶踈嘯欸樓柱聽胡笳悲切訴似訴
季光流欲去正遶鵲依枝驚蟬墜露

〈漿水令〉（合）家何在畫屛烟樹人一天關山夢餘砑光
杯影醉蟾蜍便待敲殘玉唾擊碎珊瑚心來懨髩光

素漫尋河影斷長安路樽俎內樽俎內風雲才聚旗門外旗門外河漢星疎

（尾聲）（劉）參軍呵和咱沉李浮瓜興不俗你要受降城去也早則秋風別哨關南路則怕你要喻檄還朝賦子虛（生下）官感公矦知遇口占一詩（劉）笑云請教（生吟科）

日〻醉涼州　笙歌卒未休

感恩知有地　不上望京樓

## 第二十三齣　計局收才

（夜行船）（盧上）一品當朝橫玉帶婣連外戚勢遊中貴並事推呆人情起賽可嗔那書生無賴兵權掌握勢為尊奉詔移軍鎮孟門獨倚文章傲朝貴賈生空遇聖明君自家盧太尉三季前因李益恃才氣高計遣參軍西塞聽見李

婣姻同

參絲同

生有詩獻劉鎮師感恩，知有地、不上望京樓、即當奏參知怨望朝廷、只是一件、咱方奉命、把守河陽孟門山外、名回劉節鎮暫掌殿前諸軍、咱將計就計、今早奏准聖人、加李君虞秘書郎、改參孟門軍事、不必過家、看他到咱軍中情意如何、招他爲壻、如再不從、奏他怨望未晚、已遣人請他朋友、京兆人韋夏卿商量、早來也

〔韋上〕

薄倖暑色初分、妖聲一派、看長安馳道、妖風冠蓋天涯、有客、幾時能會、俺消停處、見畫棨朱門橋外、好參謁中朝大尉、〔見科〕〔盧〕好客、勞西笑〔韋〕人雄鎮北軍〔盧〕折簡求三益、〔韋〕旌旆謁使君、〔盧〕韋先生、你是李君虞好友、俺今移鎮孟門、奏改他參吾軍事、可好麼〔韋〕李君虞三年在邊、資當內轉、今又參鄉軍事、恐非文人所堪、〔盧〕他有詩劉鎮師怨望朝廷、又何必強他入朝、咱招賢館勝如望京樓也

鑼鼓令〔盧〕他朝中文章後輩、曾喜他相見、只尋常到

魑魅音兼介

來知他性兒那些魑魅（韋）都是些少年情態怎知的

千金賦令人不買枉了筆生災題鸚鵡教誰喝采（盧）

咱無文的太尉何禁怪只可惜賈長沙干欠了洛陽

才（合）他鄉歲月遠水樓臺今朝領旨知他便回相逢

到此好佳懷妹江寂寞也自放花開

（又）（盧）當初也浪猜咱移軍把着孟門去來參軍事請他

優待（韋）文章士自有廟堂除拜作參軍知幾載（盧）孟門喜

非邊塞也（韋）便做道非邊塞曾如站立在白玉階（盧）咱軍

容將禮好不雄哉早難道古來書記都不是翰林才

（合前）（韋）既將軍厚待李君虞自有國士之報小生告行

【餘文】（韋）為交情一笑來（盧）須知吾意亦怜才（韋）生休道俺少禮數的將軍做不得招賢宰（韋下）（盧弔場云）可笑可笑韋生豈知俺計也、候旨官兒、怎的不見到來、（堂候上）徵聞禁漏穿花遠、獨認邊機出殿遲、稟爺、聖旨已下、李益以秘書郎改叅孟門軍事、即日離鎮、不許過家、（盧笑科云）書記在吾算中矣、分付諸軍起行

孟門關外擁羆貅　打鳳撈龍意不休
但得他來府門下　那時誰敢不低頭

## 第三十三齣　巧夕驚秌

【念奴嬌序】（旦同浣上）梧桐乍雨、正碧天秋色、霧華烟暝、浴罷晚粧凝望立、簾漾玉鉤風定、（浣）別院吹笙、高樓捲鏡、泛灩銀河影、（合）幽期無限、佩環聲裡人靜、（旦）【臨江仙】炎光初洗輕塵雨、飛星寄恨迢迢、（浣）金風玉露翠華搖、暫停鮫泣翠、相看鵲填橋、（旦）占得歡娛今夜好、一季幽

恨平消(浣)綵樓人語曉香飄(合)不知誰得巧空度可憐宵(旦)浣紗今當七月七夕織女渡河香燭瓜果已備樓中去請老夫人鮑四娘同會綵筵可早到也(老旦上)

似娘兒閨閣露華零感佳期愁絕惺惺聽機中織女啼紅迸望牽郎河漢烏飛涼夜髩染妹星兒請俺怎的(旦)母親萬福今逢巧夕請母親同鮑四娘消遣一回(老)鮑四娘可待來麼

遶地遊(鮑上)綵樓清迥燭閃紅妝靚咲季季乞巧誰賸見科鄭夫人郡主萬福今夕香燭果筵莫非穿鍼故事乎(老)咱老人家乞巧何用正為兒女相邀四娘同此(鮑)從來乞巧只有私願只許在心不許出口但看蟢子縈盤便是人間巧到老夫人你我心中暗祝同拜雙星便了(拜科)烏鵲橋成上界通千秋靈會此宵同彩盤花閣無窮意只在遊絲一縷中(老)此夕真佳景也

蟢音喜

數上声

炯音迴

〔念奴嬌〕人間天上數佳期新近秋容太液波澄院宇黄昏河正上幾看清淺閒庭輝映雲母屏開水晶簾捲月微風細淡烟景〔合〕同看取千門影裡誰似雙星

〔又旦〕河影層波夜炯怕空濛霧染機絲翠花寒凝一水仙郎遥望處脈脈此情誰證傒幸喜極慵粧歡來罷織倚星眸曾傷暗河行〔合前〕

〔又鮑〕還倩那些縹緲銀鸞參差烏鵲斷虹低處翠橋成清佩隱似濕雲含雨流聲清興按戶斜窺凌波微步一天秋色今宵勝〔合前〕

〔又浣〕端正步障停雲眉梁瀉月一年情向此中傾清虛

瑩音榮

處處微茫香露盈盈私聽百子池邊長生殿上（內作笑科）便風中微語笑分明（合前）

古輪臺（老）夜雲輕秋光銀燭画圍屏水沉細縷香生鼎（鮑）綵樓低映問誰許宵征鈿合金釵私慶似凭幽歡十分清把心間私願一一時并（旦）商量不定暗風吹羅帶輕縈柔情似水佳期如夢碧天瑩淨河漢已三更（浣）良宵耿算此時誰在迴廊影

（又）（鮑）含情若是長久似深盟又豈在暮暮朝朝歡娛長並（旦悲）（科）到玉漏無聲恨浥西風不盡忍顧河西人遠斷河難倚重歸向舊鴛機上拂流螢殘絲再整（合）想牽

三字一去声

郎還望傳停鮫綃幾尺淚花猶瑩臨河私贈時有覽
釵櫝便道是天河永他牽牽風浪幾時生
（意不盡）明朝烏鵲到人間境試說向青樓薄倖你可
也臥看牽牛織女星

阿母天孫恨幾端　九微燈影佇青鸞
難尋仙客乘槎路　且伴佳人乞巧盤

第三十四齣　邊愁寫意

（北點絳唇）（衆邊將上）紫塞飛霜平沙月上旌旗晃劍戟排
墻擁定銅符帳一聲參佐發蘭州萬火屯雲映綠油
邊鋪恐巡旗盡換山城欲過館重修
咱們是朔方劉節鎮部下因李參軍分兵回樂峯受
降城斷截吐番西路今夜巡塞各城堡守瞭軍人嚴
緊伺候（衆應科）（衆
鼓吹燈籠擁生上）

（金瓏璁）萬里逐龍荒擁弓刀千騎成行刁斗韻悠揚

画角聲悲壯錦盤花袍袖生涼纔趣點報星霜邊霜昨夜墮關榆、吹角當城片月孤、無限塞鴻飛不度、秋風吹入小單于、自家本用文墨起家、飜以弓刀出塞、既有三軍之事、豈無一夕之勞、分付將官軍士用心巡守（衆應科）（生）將帳門捲上、一望塞外風烟、

（一江風）碧油幢捲上牙門帳步上嚴城壯漢旌旗數點燈前掩映紗籠絳遠望火光、可是胡兒夜獵也（衆）非關獵火光又是平安報久常玉門關守定這封侯相回樂峯前了

（又）（生）那邊廂淡素鋪平敞堆積的淒寒狀敢是下雪也（衆）是沙也是氤氳幾垜平沙似雪紛彌望瑤池在瀚海傍又（衆）梁園在古戰場築沙堤等不得沙河將是受降城了

（又）冷清光氣色霏微漾暈影兒朦朧照兒耿是霜也（衆）是月亮（生）

（生）步寒宮認得分明不道昏黃相衣痕上辨曉霜又是（衆）

嫦娥在女牆照愁人白髮三千丈俺坐一會也

（又）據胡床沙月淳清況（内吹）（笛科）猛聽的音嘹亮（衆）何處吹笛也這吹的是關山月也、是思歸引也、（衆）作回頭望鄉科（生指云）那不是俺家鄉洛陽那不是俺家鄉長安、那不是他家鄉隴頭（生亦作望鄉掩泣（衆）被關山橫笛斷吹二一夜征人望家

山在那方 又 離情到此傷斷腸聲泪譜在羅衫上（王唱）（上）龍吟塞笛空橫泪、鷹足吳箋好寄書稟參軍爺、小卒是京師盧太尉府中玉哨兒便是、因來劉節度軍中探取軍情、回京可有平安書寄、（生）正好相煩、情書不盡、暫將屏風數摺、對此清光、画出邊城夜景見音淒涼也、秋鴻、取画筆丹青聽用鴻（上）王會圖中開粉本、陽關曲裡寄丹青、紙屏風蛾墨在此（生做画科）

洛音勞
醮音湛
樂音澇

（三仙橋）陽關落照儘斷烟衰艸河流一線那更鴻縹緲、邊城上着幾點漢旌搖盼胡天恁遙呀俺提起潤生綃拂拭些、情泪落還倚着路數分斜隨着素毫展凨沙醮的箇墨花淡了、屏凨呵一遞、短長城做不出壘巫山清曉待画這沙似雪月如霜

（又）却怎生似雪樣偎沙迴沓一抹兒峰前回樂則道是拂不去受降城上清霜看則是永夜征人沙和月長恁照也影飄颻、碧濛、把關河罩幕寒生夜悄四下裡極目暗魂銷清寒似寂寥這幾筆兒輕勾淡繞撇綽的暮光浮隱映的朦朧曉屏凨呵恁路數兒是分

閣音稿
落音澇
銜朱雲切

明可引的夢沙場人到（詩画看征人聞笛望鄉也）

（又）一笛關山韵高偏起着月明風裊把一夜征人故鄉心暗叫齊回首鄉泪閣並城堞兒相偎靠望眼兒直恁喬想故園楊柳正西風摇落便做浣邊塵霜天乍曉也心似嘹雲飄銜入遍梁州未了（屏風可）比似俺吹徹梅花怎遞送的倚樓人知道（画完題詩一絕回樂峰前沙似雪受降城上月如霜不知何処吹蘆管一夜征人盡望鄉詩已題下王哨兒寄去也（哨兒云）自有回報）

（尾聲）做不得李將軍画漢宮春曉俺這裡捲不去的雪月霜沙映白描趁着這一天鴻雁秋生早（哨）（下）（走報人上）烏鵲南飛終是喜馬首西來知為誰自家長安門走報的便是來報李參軍轉官不免徑入（見科）恭喜老

爺、新奉聖旨、加秘書省清銜、改參盧太尉孟門軍事、即日起程、（生）何因有此、先賞報人去、便寫書謝了劉節鎮起程、（報）節鎮劉爺也欽取還朝總管殿前諸軍事、（生）呵、原來如此、

西塞東歸總戰塵　画屏風裡獨沾巾
閨中只是空相憶　若見沙場憖殺人

## 第三十五齣　節鎮還朝

邏羅去声

【寶鼎兒】（衆擁劉節鎮上）旗門占氣色、鳳尾雲飄、旌頭宿落、匣劍老、轆轤繡澀、邊烽冷、兜鍪卧、共仰清時留節鎮、萬里關河紫邏、（合）正簫鼓鳴秋、牙幢清晝、貂蟬遶座、

獨携堂印坐西州、一劍霜飛雁影秋、卻笑班超容易老、焉知李廣不封侯、自家劉公濟、鎮守玉門關外、推轂幾年、拓地千里、落日已收番帳盡、長河流入漢家清、昨奉聖旨、着下官還朝總管殿前諸軍事、李君虞加秘書郎、改參盧太尉孟門軍、早晚參軍書到也、（卒持書上）雲沉老上飛鴻去、日落回中探馬還、（叩頭科）

參軍爺有書、（劉）笑念書（科）叅軍李益頓首劉節鎮開
府麾下、愚生書劍西征、拜瞻台座、三載于茲、恩禮兼
至、袁本初書記、時有優渥之言、王仲宣從軍、不無思
鄉之感、意難遙別、道阻回長、所深幸者、君侯膺帰衮
之期、賤子附遷鶯之役、鳳期未遠、存問非遙、虎變龍
蒸、風雲自愛、不宣、益再頓首、呀、李君虞早向孟門去
也、下官既受君命、不俟駕行、堂候官請征西大將軍
金印出來、交与副將軍權領、即日起行、（副將領衆上）
關西諸將揖容光、曾入甘泉侍武皇、今日路傍誰不
羨、功業汾陽異姓王、恭賀老爺還朝、（劉）老夫有何功
績得此
皇宣
【啄木兒】（劉）心雖赤、鬢欲皤、意氣當年漢伏波、念少游
帰興如何、相憐我得遂婆娑、（舉手）（科）忝元戎多暇、勞參
佐甚西風別情無那、（泪）（科）吹起袍花泪點多、（衆）老爺呵
【又】你倚天劍、迴日戈、一卷陰符萬揣摩、洗兵風坐挽

銀河北凌烟漢將功多（跪科）詔東歸少不的齊聲賀（衆泪）

（科）這懽聲有泪向悲笳墮再不見尊俎投壺聽雅歌

（劉）就此別了（衆）願攀留信宿而行盡邊關父老降附番戎之意（劉）京營務重不敢稽延俺所佩平西大將軍金印權交副將軍收掌好珍重也（交印科）

（三段子）（劉）黄金斗大肘間懸龜紋綬花權時未挂臥內前床兒護他有如嫗要不的他閒偷把朱司農用不着那横文打怕漏使模行軍機怎耍（將）敢問老爺軍機那一件最大（劉）漢置四郡斷匈奴入羌之路今當護羌使吐番不得連和陽關內外可無事矣

（又）（劉）甘涼以下望長安天涯海涯為甚麼[illegible]建牙斷番戎羌家漢家（將）兵法願一指授（劉）聽老夫八個字兵法銷兵日久俫頹塌

行音杭

露冷句杜子美詩

生羌歲久防奸詐八箇字奈苦同甘信賞必罰起行諸軍將不許離信地遠送（丙報云）受降城外諸吏長送老爺（劉）不須遠送只一心事唐便了（行科）

（歸朝歡）歸朝去歸朝去萬里胡沙秦川雨杜陵花關山路關山路画角鳴笳送將歸兩鬢華秌光塞上人如画黄宣去把團營押看細柳春風大將牙

秦時明月漢時關　繡轟蠻人看上將還
但使龍城飛將在　不教胡馬度陰山

第三十六齣　淚展吟屏

（菊花新）（旦上）（浣）舉頭驀見雁行單無語秌空頻倚闌寒花蘸雨班應將我好景摧殘（河滿子）露冷蓮房墜粉霜清竹院餘香偏照画堂秌思朗垂簾半捲瀟湘幾回斷鴻影裡無言立盡斜陽奴家自別李郎三秌杳無一字正是叢菊兩開

人不至、此書不寄雁無情也(浣)早晚佳音、不須煩惱

桂枝香(旦)水雲天淡弄妝晴晚、映清虛倚定屏山暢好處被閒愁占斷減香溫一半、減香溫一半洞房清嘆影闌珊幾般兒夜色無人玩着甚娇羞不奈看

(浣)上鳳簫樓望一回也

(又)(旦)捲簾無限山明水遠、殘霞外烟抹晴川淡霜容葉橫清漢正關山一點、正關山一點遙望處平沙落雁倚危闌淚來濕臉還誰見愁至知心在那邊

(賺)(屏風上)(唱)持(小)塞上飛馳報與朱門人自喜(旦)試聽晚妝慵那重門、深閉知、他甚底悶把珠簾輕揭起(作叫)(科)(浣)寂

䏼音翠

靜堂前數聲兒客至回廊半倚閒窺覷（唤）旦誰陽關呀卒來傳示（旦驚）（喜科）你可曾從事李參軍俺這裡寒衣未寄（哨出）（屏科）怕寄平安書不的小屏風上傳詩意（旦）這書封幾夜霜翠䏼雁足寒飛遶月枝黃花酌酒相勞你

浣出酒飲主公威令難遲滯（浣）夫人鄭重番人醉（旦）主（哨科）（哨）公是誰（哨）盧太尉（旦）大尉何人（哨）乃當朝丞相盧杞之弟、穿宮盧中貴老公公之兄、第一富貴人家也（旦）且問你、參軍甚時可回（哨）小的在關西、聽的參軍爺題詩与劉節鎮、說不上望京樓了（旦惱科）（哨）不須煩惱

俺歸到中途聞聖旨別有差除疾和遲少不得榮歸故里哨皆前拜酒忙回去（下）（旦）三季一字三千里非同容易非同容易

【金索桂梧桐】寒鴉帶晚暉，喜鵲傳新霽，遠水凝眸，折盡層波翠。【開屏】【風科】夫，你三年沒紙書，難道短相思屏風呵，為甚封了重封，出落的呈妝次。李郎，你感劉君恩遇，不上望京樓呵。你只知紅妝夜宴軍中美，可也回首望京樓上覷風塵起，千尋落葉，離不的花根裡。【合】知他是何日歸期，且接着平安喜。歸意可知，且展画屏詩句一玩。呀，原來十郎手自丹青也。【咏詩科】回雁峰前沙似雪，受降城上月如霜，不知何处吹蘆管，一夜征人盡望鄉。你看幾疊屏山，詩中有画，画中有詩，滿目邊愁也。

【又】沙如雪，靄微月，似霜華積，月杳沙虛，冷淡傳蹤跡。俺不曾到萬里，短長城，這幾疊畫屏兒，寫陽關只少箇瀟湘對夫俺這裡平沙瀚海把闌屏指你那裡落月關山橫笛吹心兒記夢魂中有路透河西（合前）（浣）小姐三年李郎不歸家門漸次零落也（梧桐花）是綺羅叢春富貴儘花月無邊受用美如今金谷田園誰料理把這舊家門戶空禁持老夫人一段傷心難寄與（合）算只有歸來是（旦）道甚家貧可惜秋光也（又）你道為甚呵勾引得黃昏淚向蓮葉寒塘秋照裡偷把胭脂勻注喜這其間芳心泣露許誰知俺待寫半幅烋光還寄與（合前）

（意不盡）連天衰艸砧聲起（浣）他還鄉早晚不索寄寒

濆音字
戍音庶

吹去声

衣(合)盼得他錦繡團欒眞是美

邊月胡沙泣向君　畫屏紅粉淸氤氳
明年若更陽關戍　化作西飛一片雲

## 第三十七齣　移參孟門

番卜算(盧上)秋艸塞門烟　河上西風偃　洛陽才子赴招賢　鼓吹軍中宴　一家何止十朱輪、兄弟雙飛秉大鈞、獨向河陽征戰淨、今朝開閤引詞人、自家盧太尉、鎭守孟門關外、奏准李君虞參我軍事、報說今日走馬到任、左右營門伺候(生衆上)

神仗兒河西路轉　又赴河陽幕選　又(王哨叩頭科)參軍爺到來前日萬金家報、是小軍送上夫人(生)勞你、夫人安否(哨)平安、只是望爺過家(生)取一錠花銀賞他、哨兒、你是咱故人、可後太尉爺差你長安帶書　報平安陣前飛鴈往來、也不慢你(哨)當得當得(生)使玉人無恙　怎生排遣　只怕這磨旗門　盼　不到吹笙

院(見科)(盧)聞君西域奏詞鋒(生)天柱山高大華東(盧
鴛鷺好歸仙仗裡(生)熊羆還在禁庭中(盧)叅軍汝
下一見至今懷仰何幸得叅吾軍看酒
(堂候上)幕府求才子將軍作主人酒到
(鎖寒窗)(盧)倚風塵萬里中原大將登臺尺五天孟門
關外少華峰前遶旌旗萬點河流一線還倚仗詞鋒
八面(合)難言人生遇合戀情緣且須高宴留連
(又)(生)筆花梢慣掃狼烟誰待吹噓送上天改河陽贊佐
塞上回旋便相如喻檄終軍乘傳也不似恁般蓬轉
(合前)(盧)聞將軍有詩不上望京樓狀
否(生)醉後餘談何勞遠聽淨笑科
(又)(盧)你佩恩華意氣成篇不把望長安心事懸君虞休嫌文官
武職看叅軍楚楚書記翩翩有賦河清鮑照登樓王粲

殷音烟
數上声
行音杭

總不礙、禁庭清、選（合前）（盧）參軍可有夫人在家、（生）秀才時已贅霍王府中、（盧）原來如此、古人貴易妻、參軍如此人才、何不再結豪門、可為進身之路、（生）已有盟言、不忍相負

（又）淚花彈袍袖香殷、數遍秋花人少年、（盧）可有平安信、（生）下官進轅門時、老太尉麾下一人、三年纔傳得一信、（盧）受命在軍、何戀戀兒女乎（生）晚風砧杵夜月、刀環正尋常、歸燕、幾行征雁、怎隔斷關河別怨、（合前）

（生）請罷酒（盧）軍中一日一宴也

（尾聲）為憐才子聲光遠、（生）自是將軍私數寬、（合）指日呵文武朝班歸漢苑（生下）（盧吊場）衆將官、查那一箇傳李參軍家信、（哨）是小的（盧）拿去綁了（哨）乞饒科（盧）且記着、許你將功贖罪、差你京師慶賀劉節鎮還朝、便到參軍家、說他咱府招贅、好歹氣殺他前妻、是你功也（哨）理會得

那音儺

那音懦
大音墮

八柱擎天起画樓　一般才子要低頭
非關鬼蜮含沙影　自要蛟龍上釣鉤

## 第三十八齣　計哨譌傳

【薄倖】（鮑上）翠館雲閒，陽臺雨過，正夕陽閃淡秋光，無那，鏡中略約，乖筆多大。君知麼，夢不斷梧桐，金井雨偏打閒愁獨坐。【西江月】舊日長裾廣袖，如今窄襪弓鞋。學養娘催繡，閒陪幼婦題詞。春絲盡也絡秋絲，心緒○時啼痕似此。俺鮑四娘數日伴小玉姐消遣，聞道朝廷將取李郎回家，竟無消息。終日翠減香消，俺因自想青樓時節，伴着五陵年少，今日獨自，好悽惶也呵。

【羅江怨】無奈這秋光老去何，香消翠譌，聽秋蛩度枕沒騰那，數秋螢團扇暗消磨也，怎生個芭蕉夜雨閒吟聒，燈兒和咱麼，影兒和咱麼，好一個悽惶的我。（王哨）

刁去声　栒排上声　些須加切　叉音亞

(兒上)去為撈酒客、來作拗花人、小軍王哨兒便是、主公盧太尉差往長安霍府行事、只是俺老爺招贅李參軍、要暗殺那前位夫人、太尉不將心比心、小子待將計就計、前日与李爺寄書、那夫人待我不輕、正要說知、未可造次、打聽得這曲頭有個鮑四娘、走動他家、且向他一問、(見科)老娘、有漿水乞一碗与行路人、(鮑)客官何來、(哨)李參軍帳下(鮑驚科)參軍在那裡(哨)正待朝廷取帰、被當朝盧太尉奏點孟門関外參軍去了(鮑)可就回來(哨)早哩、敢要就了盧太尉小姐也、(鮑)怎麼說(哨)敢招贅在盧家了(鮑)十郎好薄倖也

【香遍滿】秀才無賴殺去也不着骰越樣風流賽真個難猜不道將人害是佳人命薄慣了些些呆打殺咱橫枝兒聽着也不分把闌干拍(鮑)你同俺去他家說個端詳、定不慢你(哨)使得

(又)幾分消息輕可的洩漏些些帶的個愁來也怎一個愁字兒了得今番夜倩你　教喫敲才好歹將意兒圖

弄他歸來時待扭碎花枝打

〔尾聲〕（鮑）這段情詞真也假（哨）不假你為咱順西風傳與

小窗紗（合）只怕斷腸人聽不起這傷情話

秋風遠信雁鴻低　春色天邊鶯燕疑

雪隱鷺鷥飛始見　柳藏鸚鵡語方知

第三十九齣　淚燭裁詩

〔望遠行〕（上）（旦）寒髻寶釵猶掛倚秋牕數點黃花扶頭酒醒爐香炧墮淚妝殘栁暈斜西風涼似夜來些（好事近）簾外雨絲絲淺恨輕愁碎滴玉骨西風添瘦減相思無力〇小蟲機杼隱妹牕黯淡烟紗碧落盡紅衣池面苦在蓮心菂自從十郎屏風寄後轉忽經秋欲寄迴文曾無便使好不傷感人也浣紗這幾日鮑四娘都不見來却為何的正是秋風滿院無人見怕到黃昏獨倚門

炧音妥斜徐嗟切此須加切

使去声為去声

些須加切

為去声

衡音諱

眼兒媚（鮑上）匆匆消息報君家繡鞋兒陡的未寬些想

他暮雲樓畔悶拈簫管憔悴烟花（見科）（旦）幾日不來隨喜、却是因何（鮑）

偶為貧忙、有乖清候、敢問十郎去幾年了（旦）將次三

妹、（鮑）如今早則喜也（旦驚科）知他甚喜（鮑）你猜來

紅衲襖（旦）莫不是掃南蠻把謫仙才御筆拿莫不是

定西番把洛陽侯金印掛莫不是虎頭牌先寫着秦

關驛駐皇華莫不是鳳尾旗緊跟上他渭河橋敲駿

馬得他個俊叅軍功級多少不得把咱小縣君封號

加可知是喜早些兒傳下也這些時挑燈衡弄花

（又）（鮑）則道他顯威風拄倒了崑崙北海涯則道他凱歌

聲喧動了長安西日下則道他覓封侯時運底有甚

跈指去声

巧爭差、受皇宣道途中有些閑蹭答、怎知他做官兒不着家、比似你做縣君喬坐衙、其間就裡有話難提也、則怕你猜得來愁悶煞（旦）你怎生又道是喜也

（又）莫不是玉門關拘的俊班超、青鬢華、莫不是望鄉臺站的個老蘇卿紅泪洒、莫不是他戰酣了落日摧韓甲、莫不是客犯了災星墜漢槎、（十郎）夫若是你走陰山命不佳、俺拚了壞長城哭向他、不跈你亦丟下了玉鏡臺也、恁孤鸞偏照咱、

（又）（鮑）你怕他胭脂山血淚花、你怕他拂雲堆魂墜馬、他原來斷腸流別賺了個香羅帕、磨旗峰轉添上些紅

應平声

臂紗他則待要豔湖陽窺宋家你拚了個錦迴文學竇娥待不信呵有個人兒傳示也慢消詳尋問咱(哨兒上)好作事因尋浪子、怕將消息惱山兒、夫人叩頭(旦)是去秋寄屏風的王哨兒(哨)夫人眼裡出水(鮑)胡說(哨)是〻是、秋波秋波(旦)太尉爺幾個女兒、招了參軍爺做女壻(哨)只是這個小姐、十分才貌、參軍爺相隨太尉爺移鎮孟門、郎才女貌、四眼相顧、因此上商量這門親事(旦)就了麼(哨)敢待就也(旦泣科)李郎薄倖可

(泣顏回)提起淚無涯憶相逢淡月梅花天應鑑與風萍露柳榮華等閒招嫁劣身奇賺上了他虛脾話便今朝奴待何如分薄書生寞落奴家(老旦上)無事護牕紗嬌看夢綠華沉香熏小像、楊柳伴啼鴉、原來鮑四娘在此、這個軍兒何処來、為甚小姐悲啼不止、(鮑)這是前度寄屏風的王哨兒、報說李郎議親盧府、因此傷心(老)那個盧府、李郎好不小覷了人家哩

蘸音湛
螓音秦

（又）（老）如花俺幾季培養出牡丹芽，春風一度有甚年華，幾曾消乏。您般時節，滿堂如畫，做門楣不成低亞，待余生分付青鸞，你玉鏡臺又過送了誰家。（哨）天晚告行。（旦）浣紗張上燈來，俺寄一詩去也。（旦寫科）

（榴花泣）驚魂蘸影，飛恨遶螓蛾，咱也曾記舊紛，點新霜，被冷餘燈臥，除夢和他，知他們和夢呵，也有時不作這答兒，心情你不着些兒，個是新人容貌，爭多舊時人，嫁你因何。（老）詩可寫就了。（老看詩科）藍葉鬱重重，藍花石榴色，少婦嬋少年，光華自相得，愛如寒爐火，弃若秋風扇，山岳起面前，相看不相見，春至艸亦生，誰能無別情，殷勤展心素，見新莫忘故，遙望孟門山，殷勤報君子，既為隨陽雁，勿學西流水。

和去声

為去声
斜徐遐切

掐音恰

（幺篇）（老）你可非煙染筆是那畫眉螺蘸的秋痕淚點層波佩香囊翦燭親封過（鮑）你端詳待他望夫臺詩句也則斟量和（老）便分明說与如何雨雲場幾大風波

（漁家犯）（旦）俺為甚懶腰肢似楊柳線欹斜暈眉窩似紅蕉心窄狹有家法拘當得才子天涯没朝綱對付的窄相人家比似你插金花招小姐做官人自古有偏房正榻也索是從大小那些商度做姊妹大家懽恰

（幺篇）（老）你則待錦迴文烟冷了腮紗淚封書燃破了銀蠟是他弄簫臺把雲影重遮（指鮑科）你個定昏唐把月痕偷掐（鮑）只怪得定雙飛釵燕插便和那引同夢的

邪徐遐切

些須加切

教平声

花燈恰知他厭了家雞挑厭背了鴛鴦打鴨

撲燈蛾（旦）書生直恁邪見色心兒那把他看不上早

則吞他不下也是風流儒雅沒禁持做出些些也則

索輕怜輕罵說知他 咱小膽兒見了士女爭夫怕

（又）（老）天教有日逢不道無言罷（鮑）他當初相見咱直恁

眉稍眼抹也等閒回話費了幾餅香茶又不是路墻

花朶則問他怎生奚落好人家的女嬌娃（哨叩頭）（作去科）

意不盡（旦）（哨兒你）說與他把烏絲闌詩句冷吟哦從今後

悶增多長則是鬼胡由摸不上心頭可（哨兒下）

雖言千騎上頭居 一世生離恨有餘

葉下綺牕銀燭冷 含啼自草錦中書

分去声

## 第四十齣　鬧箋泣玉

(生上)幾樹好花閒白晝，滿庭芳艸易黃昏。心隨岳色雷秦地，夢逐河聲出禹門。自家一從玉關移鎮參軍孟門，聽的盧太尉有招親之意，俺這裏只作不知，呀，怎忘的了俺小玉妻也。

(刮鼓令)閒想意中人，好腰身，似蘭蕙薰。長則是香衾睡懶，斜粉面，玉纖紅襯和嬌。鶯枕上閒乍起向鏡臺新，似無言桃李相看，片雲春有韻，月無痕，難畫取容態盡天真。

(又)無事愛嬌嗔，況伊邊少個人。當初擬畫屏深寵。又誰知生暗塵，他獨自個易黃昏，將咱身心想伊情分則他遠山樓上費精神，舊模樣直恁翠眉顰。(王哨上)愁眠客

稱去声

舍衣香滿，丢渡河橋馬汗新。俺王哨兒奉太尉命去，傳播招親之事，与李參軍前妻到替他稍一首詩來，此是參軍別館，不免進見。(鴻)是王哨兒，從何而來？(哨)俺前日為帶夫人平安信，太尉惱了，近遣俺京中慶賀，聞到霍府中看看，悄的帶有夫人家信也。(哨兒叩頭送詩上科)(生)原來是小玉姐詩也。(作念詩科)藍葉鬱重重，藍花石榴色，少婦少年，光華自相得，愛如寒爐火，弃若秋風扇，山岳起面前，相看不相見，春至艸亦生，誰能無別情，殷勤展心素，見新莫忘故，遙望孟門山，殷勤報君子，既為隨陽雁，勿學西流水。(生)

(三換頭)鶯猜燕忖，疊就綵鸞清韻，稱吳牋膩粉，啼紅嬌暮雲，雁來成陣，這其間訴不盡有片影橫秋雙未穩，一種心頭悶，書中說幾分。(合)且報平安怎只把閑愁來殢人。(生)哨兒，你敢在夫人前講甚話來？(哨)沒有。(生)詩意蹺蹊。(哨)是是，是那日遞家報与參軍爺，太尉要拷打小的，說俺府裡待招贅參軍，你敢再傳他家信，小的見夫人，依實說了。(生)好不胡說也，

分去声

行音杭

〔又〕太尉呵、他杯中笑言、花邊閑論、尋常風影。你怎生偏認眞、無端要人生分。夫人呵、這其間也索問個詳因、難憑口信。一摺詩兒也、九迴腸怕損。〔合前〕

河陽不似舊關西　夜々城南夢故妻
坐想寒燈挑錦字　紅綿粉絮裛啼

第四十一齣　延媒勸贅

〔字々雙〕〔堂候官上〕陞官圖上沒行頭。堂候。鬍鬚上挂鼻膿頭。怪臭老爺說話耳根頭。最厚。精銅響鈔尋事頭。儘勾。〔丑〕自家太尉府中堂候官便是。官雖無一品二品、錢到有九分十分。俺太尉爺在京管七十二衛、在外管六十四營。每日各衛府營討些々分例、私衙買辦刻些等頭。說事過錢、偷功模賞。從早到夜、爛鐵精銅、鈔有一紗帽回去。〔內〕可不發迹了你。〔堂〕你不知。紗帽破了、漏去了些。遠々聽得傳呼、太尉爺升帳。

一疋布〔盧上〕倚君王為將相勢壓朝綱三台印信都權掌誰敢居吾上身居太尉勢傾朝有女盧家字莫愁選得鳳凰飛不偶可堪鴛鷺意難投盧太尉從孟門召取還都仍管太尉府事又賜俺勢刀銅鍘一副凡都城內外着俺巡緝有不如意的都許先斬後奏單生一女未逢佳壻俺一心看上了李參軍可恨此人性資奇怪一味撇清在孟門關外年餘都未通說昨日還朝怕他回去安置他招賢館內分付把門官校不許通其出入要他慣見俺家威勢自然從允雖然如此還須請他朋友韋夏卿勸他可知來也

寶鼎兒〔韋上〕太尉勢傾朝堂何事書生相訪〔見科〕〔韋〕寒儒久別威岩復覩台顏拜揖〔盧〕秀才暫須免禮近前有事端詳〔韋〕老太尉有何分付

瑣窗郎〔盧〕李參軍蓋世文章俺家中有淑女正紅妝夏卿呵你和他好友借重你商量要他坦腹不須強

項（夏卿知俺家威勢否）俺攀龍打鳳由他撞怎脫得這羅網

（韋背云）原來太尉要招贅李君虞怕不孤了那小玉姐一段心事俺且告稟他知

（又）論攀高貴壻非常有　言須代稟試察詳他有了

頭妻小玉盟誓無雙怕做不得負心喬樣（淨笑嗔科呀說甚麼）

小玉便大玉要粉碎他不難（韋背唱）李郎這太山只好作氷山傍怕難

做這氷相（堂簇低云韋先生我太尉爺小姐招人托先生贊相誰敢不從）

（又）他領鴛班勢壓朝廊招女壻要才郎威籠翡翠勢

鎖鴛鴦你把絲鞭領取美言加上（韋）也不須領絲鞭作官媒只用朋情

勸他便好（回身合唱）婚姻簿上看停當但勸取由他想

金屋藏嬌錦繡叢　定須才子作乘龍

饒他別插鴛鴦翅　難出天羅地網中

第四十二齣　婉拒強婚

【小蓬萊】（生）憔悴尋常風月，甚拘留咫尺關山。花無人問，酒無人勸，醉也無人管。【南鄉子】一去幾驚秋，涙老西風只暗流。夢裏也知歸去好，遲留，咫尺秦簫不自由。○準上望京樓，望得伊家見始休。還怕那人知道了，愁愁，自鎖重門一段愁。自家李十郎，從孟門關外還朝，郎擬還家，与小玉姐歡聚，不料太尉倚着威權，館俺別宅，不放閑遊。知他主甚意見，早晚堂候官來，探知分曉也。（韋同堂候上）

【喜相逢】風流誰絆，知他相府池蓮，怕無端引起綠窻紅怨。（見科）（生）別館驚逢韋夏卿，（韋）參軍此日見交情。（生）歸心紫塞三千里，（韋）君虞，你薄倖青樓第一名。（生）夏卿，怎說俺青樓薄倖也？（韋）且住，有堂候在此。堂候見科（生）夏卿，說俺薄倖何事？（韋）君虞，今日全不想着賀新郎席上情詞也。（生）怎生忘了。

那奴和反

〔雁魚錦〕俺想風前月下人倚闌這些時秌色芙蓉綻

恨造次春殘香夢遠家在秦樓人上雕鞍〔韋〕有書報平安否〔生〕

俺寫雲屛好寄平安他也回文洞錦斑〔韋〕今日早已雁來也〔生〕

早難道俺獨館孤眠慣雁兒呵恰正恁時尋伴好愁

煩〔韋〕今日送個伴來〔生驚問〕送誰為伴

〔又〕朱顏有分孤單怎把雲雨騰那再勻香汗〔生〕誰家有此〔韋〕

太尉有一小姐央小弟為媒你可把東牀再坦做嬌客貴壻也無

輕慢〔生嘆科〕罷了這恩愛前慳後慳這婚姻左難右難我

就裡好胡顏〔韋低問〕你就此親受用也〔生低語〕臭卿李君虞何處不討得受用豈須下此只

此人兄弟將相文武皆拜其下風既有此情不可驟然觸忤承顧眷只說俺多愁

上看平声
下看去声

重平声

緒戚病看看〔堂候官〕看俺出塞星霜鬢影殘盧小姐呵他正是畫梁曉日朝雲盼宵向咱客舍秋風暮雨闌

〔又〕〔堂〕丘山他勢壓朝班只為怜才宵把仙郎盼你怎摧辭只怕就裡一段風波到為雲雨摧殘〔堂候私語生〕參軍爺豈不知太尉威福齊天你且從權機變暫時應諾再取次支吾脫綻〔韋〕堂候此言有理也你不是倦遊司馬朝參懶俺只怕丞相嗔來炙手難

〔又〕〔生〕無端宦興婦期晚没緣故掙着雙眼自投羈絆〔悲科〕誤嬋娟幾季俺萬千相思重門阻人離恨關〔生〕堂候你為我多多拜上老太尉呵小情一點愁無限全仗你這其間作方便

古去声

看天上人間（堂）俺小人自能回語參軍不可固辭（生）怎忘得他探燈醉

玉釵頭煖誓枕餘香袖口寒

（又）（堂）愁煩待把佳期緩也須咱言語轉旋（韋）此事堂候回報不須小生再行（對）堂候低唱天賜好因緣看仙郎有意和俺對腹難言

（生）撥不斷的紅絲怎纏這紅鸞且求他寬限（堂）辭科（生）堂候且住呵

逢好事望周全（夏卿兄俺在此花陰月色難驅遣你去呵

柳影風聲莫浪傳（韋）可知道請了（生）故人相見話匆匆（韋）自有新人富貴叢（堂）有緣千里能相會（生）無緣對面不相逢（韋吊場）姮娥不見影沉沉盡把閑愁占伏吟畫虎畫皮難畫骨知人知面不知心俺夏卿怎生道這幾句當初李十郎花燈之下看上鄭家小玉姐拾釵定盟拈香發咒擬待雙眠雙起必須同死同生一旦征驂三年斷雁現畱西府還逐推無可奈何聽說東床全不見有些決斷言

白北音唱作擺
驪音奄臢
音籙子廿反

來語去，盡屬糢糊，移高就低，總成繾綣，看來世間痴心女子，反面男兒也，我且在此評跋他一番

【金井梧桐】才子忒多才〻子多人愛插下了短金釵又襂上個同心帶看他呵心兒裡則弄乖口兒裡則道白（李生一句分明罷了，却又囑付俺柳影風聲莫浪傳，呀，）這段風聲也不索燕猜鶯怪（待說与崔允明去，小玉姐呵，）送紅顏這一段腌臢害

半吞半吐話周章　定是青樓薄倖郎
大鵬飛上梧桐樹　自有傍人說短長

## 第四十三齣　緩婚收翠

【望江南】（盧太尉上）倚天家甲第擬雲臺有女如花新粉黛向朝班玉筍選多才—紅葉上婇堦（劍佩婇鳳擁漢官，笑啓吹縱錦雕闌，生成女子為蛇虺，配得才人似鳳鸞，俺盧太尉富貴已足，只少個佳壻，已央韋夏卿同堂候官去招轉李

從音匆下同

參軍爲壻、衙門多遠、還不見到來、（堂）候上）聽罷紫鸞人縹緲、語傳青鳥事從容、稟老爺、小的與韋秀才同去招賢館說親、李參軍不敢推辭、只說從容再論、韋秀才着小的稟復、

（劉鍬兒）說他有恩山義海朝花在盟山誓海曾把夜香排（盧笑科）他知俺愛他麽（堂）感得相公愛紅蓮命乖（合）佳期要諧合婚有待到裡團欒從頭插戴

（又）（盧）少甚麽相門出相男文采他敢道俺將門出將女麄麤材（堂）他怎敢、（盧）怎不低眉拜辱没他鏡臺（合前）

（又）（堂）驚鳳鳥去辭林快慢水魚終自上鈎來好事須寬耐嗔他秀才（合前）（盧）俺看中了他、少不得在我門下、小姐將次上頭、五色玉釵、齊備方可

（又）那小姐呵如花早晚要頭花簪上頭時幾對鳳頭

從音匆

遺去声

釵好玉多收買憑他價裁（合前）（堂上稟老爺有個老玉工侯景先鋪常有人將珠翠現成寄賣盡有精巧的着他送來）

美玉釵頭珠翠濃　紅絲繫足好從容
羈縻鸞鳳青絲網　牢落鴛鴦碧玉籠

第四十四齣　凍賣珠釵

【薄倖】（旦上）虛閣籠烟，小簾通月，倚香篝清絕，弄梅花寒玉，稱黃沙雁影，寄來橫幅愁凝睇，秦雲黯待成飛絮，誰說與玉肌生粟。【訴衷情】捲簾呵手拂烟霜，病起怯殘粧，一段梅花幽意，雲和雪費商量，儘短影，念餘香，病成傷，寒鴉色綴，凍雁聲悽，一寸柔腸。奴家府中，一自李郎去後，家事飄零，望他回來，從新整理，誰知他議婚盧氏，一去不還，我展轉尋思，懷疑未信，知他還歸京邸，還在孟門，已曾博求師巫，遍詢卜筮，果有靈驗，向慴布施，一向賂遺親知，使求消息，尋求既切，資用屢空，前着浣紗將篋中服玩之

下　卷二十二

為去声

觀去声下同

為去声

物向鮑四娘家寄賣還未到來天呵苦自愁煩有何音耗(尼持籤筒上)

(水底魚)一點凡胎到了九蓮臺相思打乖救苦的那些來 自家水月院中小尼姑便是久聞鄭小玉姐為夫遠離祈求施捨不免奉此靈籤與他幾貫鈔使又一道姑來也(道拿画軸小鬝上)

(又)冠兒正歪人道小仙才這鬝兒俊哉前去打光來

(尼惱科)光頭儘你打(道)不是吾乃王母觀道姑聞得鄭小玉姐尋夫施舍要去光他一光(尼)要鬝兒画軸何用(道)画上有悲懽離合故事看鬝兒所到定其吉凶(尼)這等同進去(回見科)姑姑何來(尼)水月觀音院小尼便是(道)小姑住持西王母觀兩人聽得夫人為官兒遠去尋訪祈求各請秤香來憑信願(回)既蒙神香下降奴家敬求籤卦少效虔誠(尼)請先拜拜觀世音(道惱科)我西王母娘娘有丈夫絕會保得夫妻相見你觀世音一個赤脚老寡婦有甚神通(尼惱科)呸你西王母有了東王公又搭上個周穆王老頭兒這

白、該色俱作北音唱，音擺海灘

等做神道不識羞，拜他怎的。(旦)這樣西方美人還讓觀音居長。(旦拈香拜觀音科)【江兒水】十指纖纖，拜白蓮花根裡來。離恨天看不見人兒在，相思海摸不着鍼兒怪。救苦的慈悲落在(尼)(諢)(揷籤科)好好，得夫妻會合上籤。討緣簿來。(旦寫科)水月道場，助三十萬貫。信女鄭小玉，為求見夫主，拜施。(合)說甚凡財早償了尊神願債。(道)也到俺王母娘娘顯靈顯聖了。(又)(旦拈香拜王母科)青鳥銜書去他，何曾八駿來，怎得似東王公相守到頭。花白怕李夫人看不見，蟠桃核悞了俺少年顏色。(道)沒籤。看這畫軸上龜兒卦。(捉龜兒錯走)(諢科)好好，龜兒走在破鏡重圓故事上，不久團圓。請寫施簿。(旦寫科)瑤池會香錢三十萬貫。信女鄭小玉拜題。(合前)(尼)俺們謝了。(旦)有勞了，但得兒夫意回，還有報。心在後，正是題緣簿証姻花簾頂礼香，催盟誓香。(尼道下)(旦弔場)好也，兩位娘娘都許我

夫妻團圓待浣紗賣錢來也、(浣上)白玉郎君連歲去
珍珠小娘何處來、郡主賣錢得七十餘萬在此(旦)好
了、就將六十萬貫、了其香願、留餘以度歲寒、春來李
郎回也、金界暫酧香火祝、門楣還望藁砧歸(崔上)
(亭前柳)半壁舊樓臺、風裡畫屏開、凍雲飛不去、長自
黯青苔、俺傳消遞息須擔帶、把從頭訴與那人來(敲門)
(相見科)(浣)崔秀才、這幾時可聽
得十郎消息、(崔)正來傳與郡主
(一封書)曾經打聽來、他離孟門好一回、(浣)可徑到這裡來、(崔)他
何曾徑歸到盧家居外宅、(浣驚科)回在太尉府了、同在都城中、怎不回步、是誰
見來、(崔)是韋夏卿見來、報道青娥有意相留待、則怕烏鵲傳言
也浪猜、(浣)當眞了、(合)怪從來心性乖、飽病難醫、是這窮秀
才(浣說与旦驚科)王哨兒傳言、尤恐未的、聽崔君之談、他眞箇有了人家也、(崔)夫人且休惱、盧太尉高

分去声

揆侯門、十郎深居別宅、夏卿傳言、仍恐未的、爲憑夫人看札、故此報知、（旦）更煩到盧府求一眞信、（貼）寒酸如何去得、（旦）適纔浣紗賣典、餘有靑蚨三百、少佐君酒、日後諸費、更容賣釵相補、（貼）誰怜十二金釵客、剩有三百靑銅錢、（下）（旦）浣紗、薄倖郎到了太尉府、容易打聽、只是少貲財央及人也、看粧臺摘下玉燕釵去、賣百萬錢盡用爲尋訪之費、（浣）這是聘釵、如何頓賣、（旦）他旣忘懷、俺何用此

【羅江怨】提起玉花釵、羞臨鏡臺、內家好手費雕排、上頭時候送將來、也落在天街、那拾的人何在、今朝釵股開、何秊燕尾叩、鎭雙飛閃出這粧奩外

（又）知他受分該、纖纖送來、舊人頭上價難裁、新人手裡價難擡、也落在誰邊、他笑向齊眉戴、將他去下財、將他去插釵、知他後來人不似俺前人賣、（浣）俺去也（旦哭唱）

為去声

二分並去声

（香柳娘）看釵頭玉燕又嚙翅兒活在銜珠點翠堪人愛雙飛玉鏡臺（又）當初為此諧一旦將他賣（合）好擎奇此釵裹定紅絲還把香奩試盜（浣）俺去也（旦）俺再囑付你燕釵呵

（又）燕釵梁作飛又驚人看待你休似古釵落井差池壞儻那人到來又百萬與差排贖取你歸來戴（合前）

（尾聲）少錢財使費恨多才玉釵無分有分戴荊釵俺只怕沒頭興的東西遇不着個人兒買

從此賣花釵　蛛絲罥鏡臺
憑誰招薄倖　還与拾釵來

## 第四十五齣　玉工傷感

（縷縷金）（浣紗捧盒盛釵上）螺髻點畫眉纖衣衫氣脂粉麝醋

擅音宣

覰蟬去声　痁音店

茶釅玉釵金盒子絨絲襯掐向誰家粧閣燕穿簾做不出牙婆臉媗新斜皓腕、吹火弄朱唇、可憐羅襪步、更作賣釵人、且看前面來的、像是玉工侯景先老兒、咱且在勝業坊裡隱着待他商量、俺女丫頭忿去賣釵也、（侯上）

（番卜算）切玉小刀銛刻盡崑山琰李來袖手槃霜鬂眼看煩華厭眼復幾時暗、耳從前月聾、平章金落索、編檢玉玲瓏、（浣）老侯那裡來、（侯）小娘子有幾分面善、到忘了、可是誰家、（浣）我且把件東西你認、（出釵科）（侯）這是紫玉釵一雙、俺曾那裡見來、（細看科）

（太師引）把水色覰雙鈎兒⿰口店玲瓏煞珠嵌翠粘呀、是俺老侯做就的、曾記取玉雞冠艷倍工夫碾琢操簪（浣）老侯你那討這手段、（侯）是老手擅場非僭你看穿花鳥分明堪驗（浣）你做的釵、可記得給誰、（侯想科）這到忘了、敢問小娘子誰家出來的、（浣）霍府出來的、（侯想科）是了、昔歲霍王小女、將欲

占去声

遺去声

勝平声

醶醲仝

新音招

上鬟兮我做此觧我萬錢可得忌懷長虿念春寒玉纖釵頭上那般喜

愜紅暈翠眉尖（浣）着了我小姐卽霍王女也（旲）此玉釵價值萬鎰怎生抱出街來（浣）要賣

（旲）帝種玉孫芳李艷質何至賣此（浣）家事破散迴不同前了（旲）小玉姐敢配人了

（又）（浣）招的個秀才欣將風月占（旲）好了嫁得個秀才（浣）誰知他形

飄影潛（旲）呀丢他去了（浣）孤另的青樓冷冷（旲）門戶大（浣）折倒盡

朱戶炎炎（旲）守麼（浣）他心字香誓盟無玷（旲）還奢華麼（浣）怎奢華

十分寒儉（旲）還待怎生（浣）還在賣珠典衣賂遺于人使求音信背妝欠珠釵賣

添老矣小姐訪得倒那人時罷了若訪不得時可知道紅顏薄命都則是

病懨懨（旲）作泣科）貴人的男女失機落節一至于此我殘年向盡見此盛衰不勝感傷也

鏵鍬兒你王家貴嚴生長在花濃酒醲少甚朝雲画

嶮𡺸全　𣃞音遣　重平声　掂音顛

棟蘂雨珠簾因何自摑斷烟花暫把長籌短嶮小娘子俺老戾看畫許多豪門似小玉姐這般零落呵(合)𥦗歹不瞻病怎兼提起賣釵情事淚痕淹想的他啼紅萬點小娘子請行小老兒去嘿(浣嘆科)少不得女兒家沿街撞戶送與輕筆之物也

(又)把金釵盒掩捧起意慵心𣃞怎走的街塵鬧雜有甚觀瞻怯生生抱玉向重門險高低遠嫌(住科)老戾賠你個小心也(拜科)非笑謟有事沾提起賣釵情事淚痕淹好看承俺鞋尖半點(戾)在人家看你鞋尖兒中甚也用(浣)腳小走不得也那

(又)(戾)看你眉低意甜會打價彈牙笑掂(浣)非掂說小玉姐賣釵也辱沒了王家體面(戾)動說到王家體面教俺好會沉潛(背云)到好一個丫頭

擣音涎　覷平声　蚨音扶　拈音年　敎平声　行音杭　鞓音庁

小妮子非拋閃，知羞識廉，也罷，領了去。把粧盒檢，綉線擣，提起賣釵情事淚痕淹，略效軀勞半點。（浣）老孫休賤了價也。

（又）你看珠釵點染燕雙雙，棲香鏡奩，好飛入阿嬌金屋頭上窺覷。老孫便要交錢過手也。怕煞千鳳欠要青蚨白拈。老孫着緊些。離寶店，向畫簷，提起賣釵情事淚痕淹，望斷他愁眉一點。俺去也，得價回來相謝。（孫）且住，說與俺那薄倖是誰，俺一面賣釵，一面尋訪，可不兩便。（浣）你這老兒，俺教你出個招子，帖在長安街上，某年某月某日，有霍王府小玉姐，丟出漢子一名李益，派行十郎，隴西人也，官拜參軍，年可二十多歲，頭戴烏紗冠帽，身穿紫羅袍，腰繫鞓金寶帶，腳踏倒提雲一線粉朝靴，身中材，面團白，微髭鬚，有人收得者謝銀一錢，報信者銀二錢。（孫）忒輕薄了。（浣）俺浣紗昔年跟人丟失了一次，也是這般招帖酬謝，也只是一錢兩錢。（孫）骨頭輕重不同。（浣）儘這釵兒贖了他罷，憑桂子人雖說去，但求金子倒迴來，（下）（侯）弔場獻玉要早知玉主賣金須還買金人，小玉姐托身非人，家門零落，不惜分釵之費，求全合璧之歡，只是一件，紫玉釵工費價須百萬，急節難遇其人，尋思起來，誰家最好，有了，數日前盧太尉堂候哥來說，盧小姐成婚，要對紫玉釵，舉頭一望，朱門画棨，便是他府，堂候哥有麼，（堂候上）不畏金吾仗，誰敲銅獸環，原來是老侯，紫玉釵有麼，（侯）恰好一對，小姐早則喜也，（堂）誰家之物，（侯）不好說，（堂）來処不明，別衙去，（侯）實不相瞞，霍王府中之物，（堂）是他家小姐出賣，（侯）怪事怪事，你怎得知，（堂）老侯，你一向夢裡，他先招了俺府裡參軍李爺，新近李爺招在俺府，正是俺家太尉小姐新婚，要紫玉釵用，你今日來得正好得價也，（侯）敢別是一人，（堂）是隴西人，叫做李十郎，（侯）是了是了，他家到処找尋，怎知在這裡做女壻，央你引我見那喬才一面，（堂）府門深遠，怎生見的，他也發誓不歸了，（侯）聽得他和前妻也發了誓，（堂）你休要閑管，在此待俺取錢還他，（侯）一對釵兒百萬錢，（堂）牙錢要分取十三、千，（侯嘆科）這般一個薄情人也，

唱個曲兒罵他，

颭音戰　占平声　画音或　強平声

【清江引】籠花撇栁不透風兒颭　知他火炎要絕了餤遂廟裡討靈籤卦上早陰人占　李十郎　十郎怕你一處無情處々情兒欠（堂候捧錢上）這百萬釵價、這十萬牙錢、快去、太尉爺升帳了、（衆）這也罷了、俺且問問李參軍怎生發付那前妻、（堂）有甚發付、敎他生寡不成

秦樓咫尺似天涯　雙々釵燕落誰家
奇語紅顏多薄命　莫怨東風當自嗟

## 第四十六齣　哭收釵燕

【風馬兒】（盧上）兵符勢劍玉排衙春色照袍花千官日擁旗門下當朝第一人家　欲作江河惟畫地、能迴日月試排天、人生得意雖如此、卻笑書生強項、前我盧太尉嫁女、豈無他士、只為李參軍作挺、偏要降伏其心、早晚收買玉釵、与我女兒上頭之用、還未整齊、堂候官好沒用也、（堂候上）屛畫彩鸞金帖尾、鏡描紅燕玉搔頭、稟老爺買得侯景先紫

姹音咤

玉釵一對在此（盧）好精工也、景先從何得此（堂）該來
可憐、便是參軍爺坐位夫人霍王府中之物、家貧零
落、賣此為生（盧作沉吟科）俺正思一計、牢籠李君虞、
此事諧矣、問堂候官霍家有甚女流往來（堂）聽得王、
哨兒說、有個鮑四娘往來（盧）你可去請參軍到此、殺
事中間、教你妻子扮作鮑四娘之姊鮑三娘、來獻此
釵、說他前妻有了別人、將此弃賣、待李郎見惱、自然
弃舊從新、你就請李參軍去、正是暗施刻燕釵頭計、
明要乘龍錦腹
猜（堂候下）（生上）
（霜天曉角）春明翠瓦、戶戟門如画、徘徊青萏拂烏紗、
寶鐙雕鞍下馬、（堂候通報見科）（盧）客館提春興、（生）軍麾拜下風（盧）江山養豪傑（生）禮數困
英雄（盧笑科）好一個禮數困英雄、且請坐談、下官有
一小女及笄、昨請韋先生為媒、願配君子、說有前夫
人在此、乃不忘舊也、不知當
初何以招贅王門（生）容訴來
（東甌令）人兒那、花燈姹、淡月梅橫、釵玉掛、拾釵相見

迴廊下一面許招嫁，恩深發得誓盟大的〻去時話

（盧）容易成婚、不為美重也、

（又）相逢作戲沾惹，燈影裡挑心非正，大墜釵兒納采

真低亞就裡有些，怕易相交，必定意情雖容易撇人

下、（丑扮鮑三娘持釵盒上）注嘴凸來紅一寸、粉腮凹去白三分、假作鮑娘姊妹都相傪、則怕踹不的紅靴腳太蕖、（見科）（丑）太尉爺、老婦人叩頭、（盧）你是誰家、（丑）鮑家、（盧）因何而來、（丑）聞公相家小姐要紫玉釵、有見成的獻上、（盧）正好取釵來看、（堂候取釵上科）（盧与生）（細看科）（盧）好精細、小燕穿花、誰家的、把紅絲兒繫了、好一個細金絲盒兒、（生作驚科）（背云）這釵似曾見來、他說姓鮑、敢認得鮑四娘、就問霍家消息、（回身問云）賣釵的婆子姓鮑、敢有姊妹麼、（丑）有七姊妹、老婆子第三、（生）可有鮑四娘、（丑）是俺妹子、他詼諧會作媒、老婆子性直、做些小交易、（生）這釵何來、（丑）是婆子的、（生）看你衣妝、不似有此的、（丑）實不相瞞、是妹子鮑四娘

些叶西加反 斜叶徐遐反 行音杭

央我賣的、(生)何從得
叫(丑)賞元宵拾來的
〔獅子序〕(生)來、何處是誰家猛狀、閒提起賞元宵歲華
嘆墜釵人遠、還記些二二、甚來由向靈心兒撒打、多則
是雲鬢懶月梳斜鏡臺邊、那牵雷下(丑)李老爺好俊俏眼哩、(生驚科)
終不然霍府來的(看釵唱)覷了他兩行飛燕一樣、衘花(悲科)此釵緣何到此
〔太平歌〕別他三載長是泣牽華眼見得去後人亡將
物化(丑)活在(生)終不然舊家門戶儘消乏沿門送上金釵
價(丑)那裡討舊家門戶哩(生)終不然別嫁了人那裡有彩鳳去隨鴉老鸛
戲彈呀(丑)李老爺這般傷感、敢認的他家、老婆子若說起、一發可怜、這府裡有個郡主、招了個丈
夫、一去不來、有個甚麼韋秀才報說他丈夫誰家招
贅了、不信訪得明白、整呪了一個月日、又是我妹子

麽叶音麻

為媒，招了一個後生相伴，因此賣了這釵。（生哭科）我的妻呵。（丑做驚科）原來就是參軍爺夫人，老婆子萬死萬死。（生悶倒扶起科）妻呵，是俺負了你也。

【賞宮花】是眞是假，似釵頭玉筍芽，便做道釵無價，做不得玉無瑕。（丑）參軍爺，夫人忘了你去哩。（生）妻呵，你去即無妨，誰伴咱，他縱然忘俺，依舊俺憐他。（丑）好個參軍爺，念舊。（生再提釵看科）

【降黃龍】冤家，眞個無差，好些時肉跳心驚，這場兜答。妻呵，常言道配了千個，不如先個，你聽後夫說，賣了釵，有日想李十郎來，要你悔也。妻，那人怎麽記當年曾愛西家。（盧）參軍，婦人水性，大丈夫何愁無女子乎，昨遣韋夏卿相勸，今霍家既去，此天緣也。（生）休喳，俺見鞍思馬，難道是野草閑花。（盧）小玉姐痛殺我也。氣咽喉嗄，恨不得把玉釵吞下。（盧）不消如此，嗄死了人身

鈿昔店

難得參軍不如且收此釵、百萬價府中自還（生謝尉收釵科）

（大聖樂）懷袖裡細捧輕拿似當初梅月下還記他瘵眉彎紧斜飛插枕雲橫借着香肩壓（盧便倩鮑三娘為媒以此玉釵行聘小女如何（生）早難道釵分意絕由他罷少不得鈿合心堅要再見他（盧待咱敲斷了這釵（生）伊間剗您玉釵敲斷鎮淚珠盈把（盧堂候送參軍館中去（堂候送生科）

（哭相思）（生）蚤則枉了咱五百年遇釵人也（下）（盧弔場叫堂候的妻子上來分付你不許漏洩事成賞你丈夫一個中軍官（丑叩頭謝科）

秋風紅葉不成媒　分付春庭燕子知
好去將心托明月　管勾明月上花枝

# 第四十七齣　怨撒金錢

為去声
揾音穩
分去声

行香子（旦作病上）去也春光月地花天相思影瘦的不成
模樣為伊蹤跡費盡思量（浣）歸來好空迷戀有何長
（集句）蕙帳金爐吟篆烟寶釵分股合無緣菱花塵滿慵將照多病多愁損少年浣紗紫玉釵頭是箇心愛幾時賣去呵好悶也
（玉）山鶯玉釵拋樣上頭時縈紅膩香為寃家物在人
亡這幾日意迷神恍每早起呵窺妝索向還疑在枕邊床
上又似在妝奩響猛思量原來賣了空自揾啼妝
（又）如今可賣了也賣釵停當喜孜孜誰家豔陽那插釵人溫存的依前還
價遇着那一等呵笑窮婦人無分承當擡高價作他喬樣俺鄭
小玉一眼看上李十郎今日賣了釵也路傍諠講道當初墜釵情況自

為去声
行音杭

數上声

術音述

把前程颺為誰行斷簪殘髻留伴鏡中霜（[illegible]）

碧桃稀、兩処紅妝一処悲、個裏囊中忒羞澀、他邊頭上有光輝、自家侯景先便是、替霍家郡主賣釵得百萬錢、在店中半年多月、沒人取去、老子親送來、內有人麼（浣）老侯到了、待咱通報（見科）（旦）賣釵得價了

【桂花鎖南枝】（侯）咱登時發付珠釵兩股、舊時價不減些兒、任姹女把金錢細數（浣紗數、錢科）是百萬了、呀、錢那家有（旦）問他賣在那家（侯）是當朝太尉姓盧、玉傳停上頭須與（旦驚云）浣紗、問他到盧府裡、可打聽來（侯）且喜且喜、有箇李參軍你這裡尋故夫、他那邊術新婿（旦）當真了（侯）府門外久躊躇、是他堂候官親說與（旦泣科）天下寧有是事乎、霍小玉釵頭到去盧家插戴也（悶倒科）（侯）玉剪江魚尋老手、釵分海燕泣春心（下）

【小桃紅】（旦）俺提起曉妝樓上玉纖閑、他斜倚妝奩盼

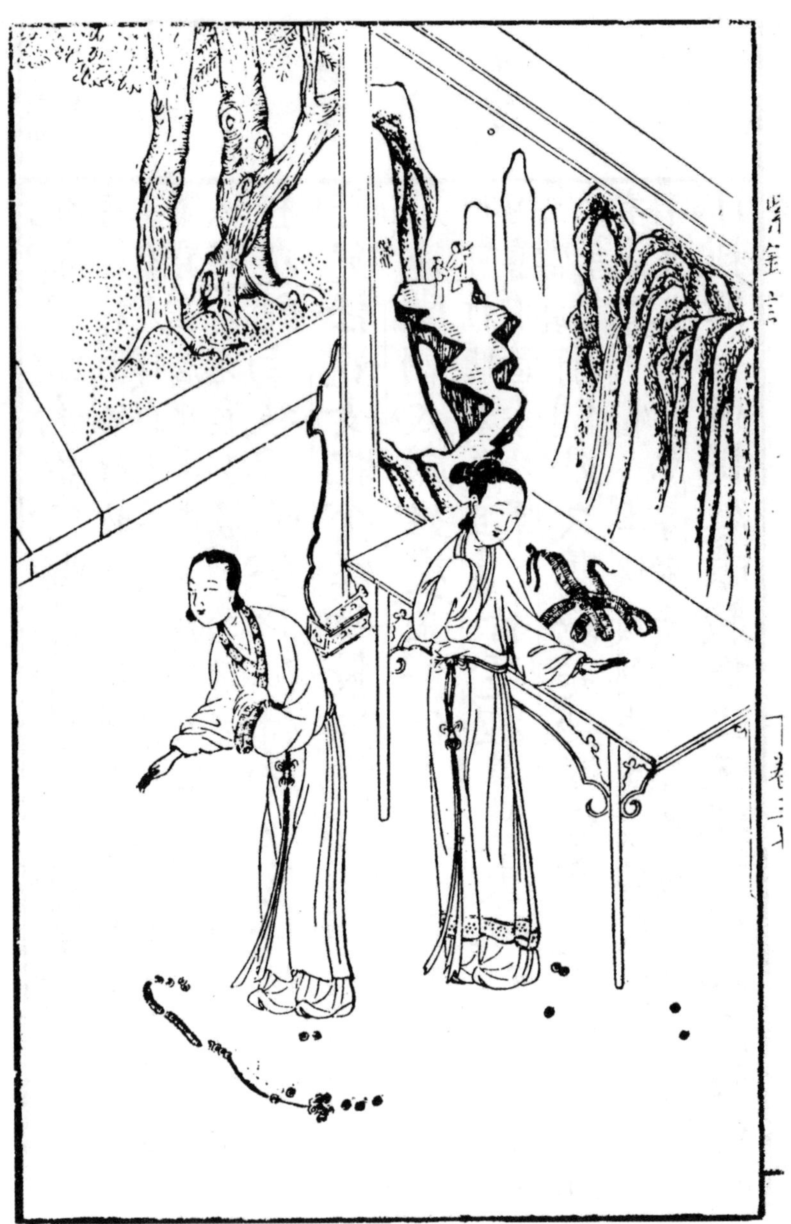

鞸音憚

分去声

也則道鏡臺中長則是兩相看閒吟嘆把玉釵彈人去後香肩鞸畫眉殘將他來斜撥爐香篆也又誰知誓冷盟寒空擲斷釵頭玉雙飛燕不上俺雲鬟（浣）這錢愛殺俺也（旦）要錢何用

（下山虎）一條紅線幾個開元濟不得俺閒貧賤綴不得俺永團圓他妳圖個子母連環生買斷俺夫妻分緣你沒耳的錢神聽俺言正道錢無眼我為他疊盡同心把淚滴穿覷不上青苔面（撒錢科）俺把他亂洒東風一似榆莢錢（浣）怎生撒去可是撒漫使錢哩

（醉歸遲）（旦）那其間成宅眷俺不是見錢兒熱賣畜長

蘸音沾
鈿音田
分去声
數上声

便誰承望這一對金釵胡串。青樓信遠。知他向紅粉啼箋。他雖然能掇綻。慣賠錢。你敢也承受俺貫熟的文鸞。又蘸上那現成釵燕。想着那初相見長安少年。把俺似玉天仙花邊笑嫣。滿着他含笑拾花鈿。終不然那一霎兒燈前幾年。到如今那買釵人插妝鬟儼然。俺賣釵人照容顏慘然。知他是別樣嬋娟也。則是前生分緣。（崔上）旅舍貧儒閒踏草，高樓思婦怕看花。這幾日不曾問霍府李郎消息，取幾貫錢使用。裡面甚事悲諠，徑入則個。（見錢撒地作驚科）浣紗姐，俺書生終日奔波覓錢，如何亂撒滿地。（浣）你不知，要找訪李郎贄費之絕，將玉釵倒與玉工，丕賣向盧太尉府中，果然百萬錢買去盧小姐插戴，與李郎成親了。（崔）真個了。李君虞你可也有時遇着俺崔允明，數落你一番，怕你不動頭也。（旦）果如所言，崔君請

客、浣紗、將錢奉上、薄為酒費、容奴拜懇也（拜科）

（憶多嬌）借美言、續斷緣、斷續姻緣須問天、（崔）滿眼春愁花樹邊、要得團圓、又還似巧相逢、那年、

（哭相思）（旦）俺心中人、近人心遠、說教他心放心邊、他錢堆裡過好日、俺釵斷處惜華年、（崔辭科）（旦）加婉轉促要連、看落花飛絮、是俺命絲懸、若得他心香轉作迴心院、抵多少買賦千金這酒十千、（眞成薄命久尋思、夢見雖多覺後疑、買斷人間不平事、金錢還自有圓時（下）（崔弔場）好花期客客不至、病鳥依人〻自憐、看來小玉姐為尋訪李郎、破散家貲百萬、俺三年閑受之、惶愧、要徑造李郎、他又被盧府拘制、早朝晚歸、不敢參謁、怎生是好（想科）有了、崇敬寺今春牡丹盛開、[illegible]夏卿、酒館商量、去請李郎玩賞、酒中交勸、或[illegible]是欲見夫[illegible]

敎平声

妻一片心、須聽
朋友三分話（下）

## 第四十八齣　醉俠閒評

（老扮酒保上）遊人醉殺牡丹時、立誓無賒掛酒旗、一斗十千教滿腹、十分一盞即開眉、自家乃崇敬寺前大街頭、一個有名酒館、小二哥便是、恭喜今年牡丹盛開、約有半月日、看花君子、往來遊賞、須索在此守候、凡有喫寡酒的、喫案酒的、兌酒去的、包酒來飲的、都不誤主顧、正是有物任教攜酒去、無人不道看花來、遠遠一個活神道來也、（豪士輕紗巾黃衫挾弩彈騎馬跟從數人作打獵上）

【鎖南枝】風光粲、雲影搖、嬌帽輕衫碧玉縧、花襯着馬蹄驕、俠骨天生傲、自家埋名豪客是也、春歸花落草豹彈鳥一會、呼前面是個大酒店、朋儕叫酒保、可有淡黃清數十瓶、待我打鳥回來飲唱也、（保）知道了（豪）你把珍珠、茜滴槽待我打圍歸、醉花鳥、去也（下）（崔上）

乾音干

[illegible]音聖

〔又〕春多少紅樹梢長安看花愁思敲一步ミ倚斜橋詩打就殘紅稿酒保哥有麽〔保上〕〔崔〕你把冷燒刀不用的潑水晶蔥釃花兒搗俺有朋友韋夏卿來此講話、案酒排幾個來〔保〕請裡面坐〔崔自飲科〕〔韋上〕

〔又〕青旗上酒字兒飄步轉東風尋故交原來崔允明先在此〔見科〕〔崔笑科〕如此春光十分、怎生不醉也〔韋〕你窮暴的不饜糟忖沙恁還俏〔崔〕酒保取酒來聽提壺喚春色澆免把俺老明經乾渴倒〔韋〕允明兄、乾待商量李君虞一事〔崔〕便是、聞得崇敬寺牡丹盛開、小弟要將小玉姐所贈金錢作酒邀請李君虞吟賞、席上使幾句攢聒得他慌、不由不回頭也〔韋〕你不知盧太尉當朝權勢、出入有兵校挾着、分付有說及霍府事者、以白挺推之、且盧家刺客、布滿長安、好不精細哩〔崔〕得人錢貫、与人消算盡你我一點心也

〔又〕〔崔〕把他孤鸞賺去鳳招受了他慇懃難暗消俺二人何似

接樹老花妖惜樹怜枝好（韋）只怕他冷心情會作喬

苦了俺熱肝腸替煩惱（崔）此事就煩這酒家做酒三筵明後日崇敬寺牡丹花下就煩他去盧府下請書、催請李參軍赴宴（保）門上難進、怕他生疑（韋）俺有一計、只做無相禪師請他便了

（保）知道了、二位与俺再倒一壺（豪上）

（又）流鶯巧翡翠嬌彈珠兒打來雲漢高金鐙寶鞭敲

旗亭外把銀瓶弔呀、兩箇秀才在此、忍耐不住、教他迴避便了、那曾兩生

可也不伏嘲困黄粱只這邯鄲道（豪作舉手科）請了、（韋崔作辭避科）高

樓後客催前客、深院新人換舊人、請了、崇敬寺相候也、下科（豪笑日送二生云）何處擺出兩個大酸倈（從）這兩個秀才好生眼熟、似三年前一個借鞍馬的韋先兒、一個求後僮的崔先兒（豪借人馬何用（從）李十郎就親霍府借去風光也（豪問（保）兩個酸倈到此許久（保）好一會了（豪覷栈殺笑科）這盤中何所有（保）是

行音杭

五香豆豉（豪）那盤中（豪）十樣錦豆腐（豪）作笑科（這狗才幾縷兒豆腐皮，做出這十樣錦去哄弄那窮酸可怜人也，兩個消了你幾大瓶酒（保）人倒了一瓶（豪看）（壺科）呀是夾鑞壺，人不上五六小盃，有甚商量，消停許久（保）為那隴西李十郎贅了盧府小姐，弃了前妻，那前妻害的懨懨病待不起，兩人商量俺家包了酒，到崇嶽寺請李十郎去賞牡丹，勸他回心轉意，又怕盧府威勢，不敢深說，說起那前妻好不恓惶人也（哭科）（保）原來有此不平之事，酒保且將酒過來（酒到科）（豪）近間可有名妓喚來（保）對門有王大姐，隔壁有劉八兒，都好（豪）這怎使得

都是些茶坊行院也

（又）撚黃袖拂髩毛看花的紅塵飛大道無過是李和桃好共朱顏笑紅一點酒千瓢是雄豪喜長嘯（保）動問怎生喚作雄豪（豪）雄豪二字不足与你們講的（保）小人不認得雄豪，認得個雌豪（豪）怎喚雌豪（保）這京兆府前有個鮑四娘，揮金養客，韞玉擡身，如常富貴，不能得其歡心，越樣風流，纔足回其美盼，可不是雌豪也，

譚音杂

偌音惹

（豪）久聞其名可請相見（保）兀的不是鮑四娘來也（鮑上）
（又）欹紅袖彈翠翹聽子規聽前啼不了覷了那病多
嬌淚向王孫艸（保出接科）鮑四娘小堂有客相請（鮑作打覷科）覷他丰神俊
結束標料多情非惡少（保）識貨識貨（豪作見科）他便是鮑四娘名不虛傳
（又）他是閨中俠錦陣豪聞名幾秊還未老他略約眼
波瞧咱驀地臨風咲人如此興必高（回身科）指銀瓶共
傾倒（揖鮑科）久聞鮑四娘女中俠氣纔一見也（菩薩蠻）赤闌橋畫香街直牡丹風外垂楊碧（鮑）疊幀
縷金衣相逢憔悴時（豪）黄衫騎白馬日日青樓下（鮑）
金彈惜流鶯留他歌一聲（豪笑科）咱悶弓兒打不上
老鶯也為咱歌
來（鮑進酒科）
繡帶兒（金盃小把偌大的閑愁向此消多情長似無

着叶音召 分去声 覺叶音敎 燒去声 着叶音召

聊暗香飛何處青樓歌韻遠一聲蘇小含笑倚風無力還自嬌好些時吹不去彩雲停着

〔白練序〕〔豪〕妖嬈恁還好花到知名分外標恨不得遂日買花簪帽暗香消喬來覺咱四海無家有二毛更着甚錦鞍呼妓金屋藏嬌

〔醉太平〕〔鮑〕休喬有如許風韶便敲殘玉鳳换典金貂風雲事業忍負尊前談笑閑眺綠楊風老雉媒嬌古道獵痕青燒一般兒艸綠裙腰花紅綉口殘春恁好

〔白練序〕〔豪〕虚囂那乘少曾赴金釵會幾宵如天杳江南一夢迢遥酒醒後思量着折莫搖斷了吟鞭碧玉

梢從誰道兀的是渭水西風殘照（四娘踏州何處（鮑）看霍王府卜玉姐病來（豪）因何病害（鮑）貪了才子李十郎因而捂嫁十郎薄倖就親盧太尉府中再不回步小玉姐病染傷春敢待不起也（豪）可也有了人麼（鮑）謹守誓言有歹而已（豪）𡚒聞您有這不平之事家皆如何）

（醉太平）（鮑）多嬌一種情當貪看才子致令家計蕭條把珠釵析賣訪問薄情音耗他病瘵鎮薰香帕裏鬢雲鬟枕伏定把淚花彈却（豪）病可好（鮑）多應不好（豪）那人可回（鮑）再休提薄倖咱為他煩惱（豪作惱科）

（絳黃龍）心憔難聽他綠慘紅銷為他半倚雕闌恨妒花風早（四娘飲一大盃何如）倩盈盈衫袖又洒酒臨風泱住這英雄淚落（豪作醉（豪）鮑扶科）還勞你把玉山扶着憶多情似

却叶音巧

為去声

泱音養

落叶音潦

着叶音召

紫釵記　下卷　四三

伊個中絶少胡雛取紅綃十匹与四娘作為纏頭之費暮雲飄寸心何處

一曲醉紅綃

（尾聲）你凄凄切切愁色冷金蕉只俺臂鷹老　手拈不出鳳絃膠（豪舉手）（手科）四娘一咲相逢咱兩人心上曉（鮑下）（豪弔場）冷眼便為無用物熱心長為不平人花前側看千金咲醉後平消萬古嗔俺看李十郎這負心人為盧府所劫使前妻小玉一寒至此此乃人間第一不平事也俺不拔刀相救枉為一丗英雄叫蒼頭你將金錢半萬送与霍府叫他明後日作大酒筵他問設酒因何你只說到晚自有分曉（雛）崇主翁畢竟為何（豪）不須閑問明後日人馬整齊粧束跟俺崇敬寺賞牡丹花去正是立拔寶刀成義士坐敧金盞勸佳人（下）

# 第四十九齣　曉牕圓夢

（一江風）（旦病浣上）（扶上）睡紅姿夢去了多迴為思夫愁病

𡖋侍兒扶花裊風絲把不任香魂似（內作鸚[illegible]）姐姐可憐（浣）好個鸚哥兒叫道姐姐可憐也（旦）鸚鵡會心慈又狂夫不轉思悶懨懨

記不起花前事（集句）花恨紅腮柳恨眉形同春後牡丹枝綠腮孤寢難成寐說与傷人未必知浣紗俺自聞李郎盧氏之事懷憂抱恨周歲有餘羸臥空閨遂成沉疾如何是好（浣）都主你日夜悲啼都忘寢食期一相見竟無因由冤憤益深委頓床枕依浣紗愚見想李郎素心當初懇切盟言未必拋殘至此倘期後會且自寬懷

（集賢賓）（旦）道相看三十言在耳做夫妻到此無訣別後無書知不美沒來由折了身奇陪了家計博得那一聲將息堪憔悴不傷心也是舊時相識（旦作嘔科）

（又）（浣）你愛寒酸嘔出些黃淡水唾花中怕見紅絲你瘦

搊音鄒

醮音湛

盡了腰肢愁不起女兒家折盡便宜更賠閒氣偏會假尋〻覺〻如何的且恁消除把翠紅排比(浣)郡主將管絃消遣一回也(旦)与我拿過十邊

(又)無情無緒搊甚的任朱絃網遍塵絲妒女爭夫因甚起偏兒家没個男兒不成夫壻不免時偕長的日子傷心事花燈下一時難悔

(又)(完)你可也自把千金軀愛惜少年人生寡難爲你醮任紅顏圖後會也須是進些茶食穩些眠睡好在翠圍香被儻然是夢中來故人千里(旦)睡些〻時(浣)也說得是待我收拾茶飯來(下)(鮑上)才郎薄倖愁回首美女傷春病捧心咱鮑四娘貧忙數日不知小姐病躰如何呀原

鶯音教

來孤眠在此浣紗何処也（旦驚醒科）四娘來幾時也
【黄鶯兒】正好夢來時戶通籠一覺回（鮑）可夢到陽臺好処（旦）
暮雨愁難做（鮑）李郎可來夢中（旦）咱思量夢伊他精神傷誰四娘
咱夢來見一人似劍俠非常遇着黄衣分明遮與一輛
小鞋兒（鮑）鞋者諧也李郎必重諧連理
（又鮑）此夢不須疑是黄神喜可知一尖生色鞋兒記費
金貲訪遺下金錢禱祈惹下這劍天仙托上金蓮配
賀郎回同諧並履行住似錦鴛齋（末扮豪奴持錢上）盡上無名客天下
有心人拔劍誰無義揮金却有仁俺主翁乃是埋名
豪客分付將錢十萬送霍府廣張酒筵知他主甚意
兒已到他門首內有人麽（浣上）是誰（末）俺家主翁要
借尊府會客送錢十萬求做酒筵（旦）差矣這不是包

洒人家何得如此（末）敢借花竹亭臺一座（旦）鮑四娘你說俺家近日不同了昔日梁園多種竹歲久無人森似束舞榭傾欹樹少紅歌臺黯淡苔攢綠塵埋粉壁舊花鈿鳥啄鳳箏碎珠玉至今簾影反挂珊瑚鈎指似傷人堪痛哭咱家做不得也（末）到頭自有分曉知音那用推辭（下）（浣）這廝是何主意也

簇御林（旦）非親故甚意兒無名錢天上至（浣）似金錢夜落花容易恁青衣童子來傳示（合）轉堪疑舊家零落何容賜光輝

又（鮑）咱來圓夢覺有奇送金錢甚所為（旦）怕又是買釵的妒女來調戲可便似文君新寡惹這鬧東騎（合）事難知不速之客或是好因依（鮑）浣紗且扶小姐裏面睡咱去也

尾聲（旦）四娘你看咱病身軀送不的你薄倖呵共長安

敎平声

鈿音店

又不隔千山萬水甚意兒敎人不恨個儂

心病除非心藥醫　繡鞋猶有夢來時
向人說此金錢會　喜鵲烏鴉總未知

第五十齣　玩釵疑嘆

金瓏璁〔生上〕鶯語記丁寧訴春心空回鴈影人去眼未分明錢落手還僥倖正覩物懷人對景到此若爲情

鷓鴣天薄命情知怨負深個中消息費沉吟能存鏡裡纖纖玉那得釵頭豔豔金思往事辨來今上頭時候鏡初臨分明認得還疑錯袖向青衫淚滿衿咱李十郎爲因盧家勢壓霍府情疎不知玉姐存亡忽見賣釵情事使人氣傷咽倒今日悶坐無聊叫秋鴻開箱取那燕釵端詳一回也〔鴻持釵上〕衣箱正合金魚袋鈿合斜分玉燕釵稟老爺釵在此

江頭金桂〔生〕提起燕釵相並向紫玉簾痕柱欲求更

顫音戰

和並去声

碧蔥纖指紅絲纏定怕分飛要孤另早知他要孤另怎教前生相承相應偏他兩條紅潤一片清冷雙清妙手制作精向晚妝時候又朝雲初映畫眉輕看他立定釵猶顫妝成鏡越清（鴻）釵有甚好處這般看承他

（又生）這釵好助情添興壓半朵棠梨鳳皇衣襟係玉牌花勝翠點絲縈步玲瓏插端正俺和他日暖吹笙人間對鏡和他看花笑〻踏草停〻柔情一種畫不成向晚妝時候又暮雲低映鳳燈凝笑摘下釵頭燕待嬌回枕上鶯（鴻）不想下得賣了這釵也

（又生）難道紅顏薄命你正好樸心看月明為問玉人何

鳳史蕭史也　牛星牛郎也

處雲鬟偷並好姻緣看忒輕虧你別弄簫聲再攧河影是誰做了領頭鳳史樓脚的牛星你全然忘却那會情想他賣釵時候又翠殘香賸恣胡行雖然背後成千里也在你跟前住一程［鴻］爺看甚釵就了盧府親罷

［又生］難道俺多才薄倖俺這裡無情還有情料他兩層招嫁一時乘興冷思量閒記省他所事精靈自心盟證恁有因而奚落遂爾飄零想來莫是他魂夢境記墜釵時候又十分僥倖美前程縱然他水性言難定俺則怕風聞事欠明［鴻］這事不的猶可當真時節連俺那浣紗也跟人去也

［大迓鼓］［生］他千金有自輕玉樓無恙伴侶飛瓊若不

為去声

从音縱
平声

是誥命夫人正怎惱得添香侍女濤〔合〕持取釵頭再作證盟〔生〕秋鴻想俺家門寒落難堪也

〔又〕便桑田似海傾要嫦娥斟酌耐冷娉婷妻你敢疑我招了盧府也你那知俺客舍閒風景常則怕幽閨欠老成〔合前〕

〔老扮〕〔酒保送請書上〕來數師府風流客去看空門富貴花小子是酒肆人家明日為崔韋二秀才置酒崇敬寺請李參軍爺賞牡丹來下請書怕他門下有人隄防只說老和尚請他便了〔把門軍校上〕哇誰人行走〔保〕崇敬寺無相長老請參軍爺隨喜片時〔校〕敢數那裡去〔保〕老禪師有何処去〔校通報科〕〔生〕取書看科知道了老禪師与我有舊明日就來〔校〕太尉爺分付參軍爺所在行動着軍校十數人白梃護從〔生〕這也使得

旁門春色苦相禁　暫話塵緣一散心
從此山頭似人石　丈夫形狀泪痕深

# 第五十一齣　花前遇俠

著音酌

鞓音厅

窣地錦鐺(外扮老僧上)色到空門也著花衞丢春老散香霞亂裁池館意無涯看到子孫能幾家自家乃是崇敬寺中一個無相法師便是坐禪出定偶見牡丹盛開必有冠蓋游賞不免叫弟子們出來支對弟子何在(末丑扮弟子上)

(又)僧家亦有芳春興鼻觀偷香色塵映試看清池與明鏡何曾不受花枝影師父問訊了、師父牡丹折一枝膽瓶中供奉也好、(外)那枝色相兒好(丑)大紅桃紅粉紅紫紅百十餘種老師父要插時第一是醉楊妃內西施花頭兒好(外)胡說(末)白淨的是觀音面佛頭青可好(外)使得名花盛發俗眼爭看你兩人在此支持俏去入定也正是生香世界錦爛斑天雨曼陀照玉槃一朵官黃微拂掠鞓紅鬂紫不須看(下)(丑)兄弟冠蓋來賞牡丹有費迎待你看那韋崔二秀才張筵設席請盧府李參軍去了、俺們不如鎖上禪堂別處隨喜正是酒駐賞心客花催行脚僧(下)

(韋崔上)

重平声

巃嵸音籠揔

中去声

空去声

〔西地錦引〕〔崔〕艷萼奇葩翠捧，翦裁費盡春工。〔韋〕徑尺平頭幾重，深影一片雲紅。〔崔〕夏卿兄，這寺中酒筵已設，李郎早晚到來，好盛的牡丹也。〔六兵校數介持白棍擁生上〕

〔高陽臺引〕芳月融晴，禁烟霽煖，金界瑞光巃嵸。靄霏霏未怕宿酲寒，中倚門御陌啼鶯午，恰來舊約賓從，望花宮翠霧連，帷彩霞飛棟。〔見科〕〔韋崔笑科〕君虞久別也。一春幾許閒空，恁錦城香國，蜂浮蝶冗，羅綺笙歌，春光無奈嬌縱。〔生〕宮袍徔莽花開意，倩東風盡日傳送。〔韋崔〕〔合〕倚新妝沉香亭畔，那李供奉。〔衆揖科〕〔崔〕燕歸巢後郎離羣。〔韋〕吟倚東風怯晚春。〔生〕獨在侯家正惆悵，〔合〕牡丹時候一逢君。〔崔〕十郎自別秦川，數年不見，好忘舊也。〔韋〕今日請十郎花前

迸音蚌
重平声
渲音眩
螮蝀音地動
朝音招

玩賞是話休提且看酒來〔校〕韋相公怎生替了和尚
作東〔韋〕你不知這和尚喚作見花羞〔酒保上〕佛座竟
聞香無界豪遊須結醉因緣
禀相公酒到了〔韋崔送酒科〕

〔高陽臺〕〔韋〕翠盞龍嬌青猊裊韻綴壓枝頭春重綉轂
晴雷飛斷六街塵鞚懽闌倚粧深色如有意怕春去
未禁攔縱齊解逞千層一捻殿住春紅勤迸

〔又〕〔生〕誰種鶴頂移鞓檀心倒暈旋瓣重瓤爭聳渲紫生
緋袍帶壽安圍擁晴弄絳羅高捲春正永渾自倚玉
樓香夢須護取錦帳流蘇映日飄搖螮蝀

〔又〕〔崔〕珍重駝褐霏烟鵞黃漾日都不似翠苞凝鳳鬟雨
朝雲紅香醉來幾甕閒詠司花疑與根別染依約傷

分去声　鸀音獨　滃音甕　應平声

九霞仙洞誰分許精神萬點長則是花王出衆
（又生）清供赤玉盤歆錦絲毬簇百寶雕闌低控絕豔濃
膴鸀鸀彩雲飛滃還用嫣然空笑花片裏指痕上粉
香彈動趁靈心袖籠輕翦翦下斷紅偷送
（又崔）吟弄向孔雀圖中流鶯隊裡多麗恣妖迎寵近紅
藥天階衣香夜染扶從正恐謔花士女閒贈取還應
羨洛陽舊種春老也怎得名花傾國一尊長共（崔）君虞臘
紅粉紫誰不玩賞只那幽廊絕壁之下有
白牡丹一株素色清香無人瞅採可憐也
（又崔）心痛素色鸞嬌青心鳳尾別自玲瓏一種悵瑤臺
月下初歸東風倚闌誰共（韋）相諷他閒庭一枝渾似

為去声
和去聲

水便雲想衣裳何用（合）李郎、他無限恨斷魂欲語兀自幽
香遠送（韋）君虞、今日玩賞就將牡丹聯成一絕如何、（生）正好（崔）君虞請先、（生）長安年少惜春殘（崔）
爭認慈恩紫牡丹（韋）待小弟湊成、別有玉盤承露冷、
無人起就月中看（生作嘆息科）（崔）君虞、為甚沉吟、再
向迴廊外散心也（行科）（豪士黃衫帶蒯翦髮胡奴捧劍
（上）（豪笑科）好不盛的牡丹也、羯鼓催敲一捻痕聲高
堪領百花尊、紅羅一尺春風髻、翠袖三生日暮愁、自
家埋名豪客便是、聽得負心漢李參軍在此賞花、没
些時酒闌
何處也
（新水令）俺則為這牡丹風吹起髻邊絲、抵多少會賓
堂酒牌金字、須不是宴慈恩塔上題、又不是和靈隱
月中詞、兩三個細酸倈在茲、消受些喫一看二拿三
說四、猛想起來、咱要誅了這無義漢、何難、只是惜樹怕
拿修月斧、愛花須築避風臺、且跟那些、聽說甚來

相平声

殺平声

南步步嬌(崔)提起可憐人是鄭家子(生低問)近日如何(韋)他鎮日裡啼紅漬流光去幾時子母孤貧靠你成何事(生)(嘆)(科)道他有個人了(崔)他甘心為你守相思怎生弃置他在空房殺(校上)崔先兒你說甚麼相思殺、你管閑事、一個黄衫人來也

折桂令(豪)暗端相典雅風姿、怪不的有了舊人湊上新知、漢相如似此情詞、怎尋覓卓文君瑕疵、早則是有情人、教他悶殺、惜花人心事憐慈、聽他刎頸交切切思思、惹的俺斷腸人急急孜孜、再聽他一會也

江兒水(生)接葉心如刺、看花淚欲滋、(韋)風光甚麗、草木榮華、傷哉鄭君、銜冤空室恨嬌香他只為多情殺(生泣科)二君定不知、我因盧太尉恩禮、宛

使去声

為去声

轉支吾那曾就親盧府誓盟香那得無終始傍權門取次看行上（崔）君虞乘興，一見鄭君何如。（生嘆云）怎敢造次，便去也。（韋）那人早晚待君永訣，足下終能弃置，實是忍人。（韋崔合）好為思之，丈夫不宜如此。（校上）韋先兒，管關事黃衫人又來也。（豪士上）俺聽說了多時也。列公請了。公非李十郎者乎？某族本山東，姻連外戚，雖乏文藻，心賞樂賢，仰公聲華，常思覯止。今日幸會，得覩清揚。某之淑居去與不遠，亦有聲樂，足以娛情。妖姬八九人，駿馬十數匹，惟公所要，但願一過。（韋崔）有這繁華所在，且往領盛意。美酒笙歌，放懷為妙。（豪）在下有馬數匹，揀一匹駿氣的，背上李郎，二君緩來。（崔韋）請了，且逐金丸去，高嘶寶馬來。（下）（豪）胡奴，快取兩匹追風駿馬來。（胡奴二人做馬嘶上）

【雁兒落】（豪）有幾匹駿雕鞍是俺家雪花獅，有幾個俊蒼頭是俺家花鳥使。（馬呵）消得你一鞭兒。（奴呵）做得你三分事馬呵三花作翦絡青絲奴呵雙眉如畫粉紅姿咱呵甚意兒把良馬思君子將紅粉贈男兒家貲咱那裡金谷園難似此你辯也麼辯看咱點鞭頭雲外指（校惱云）又一個管閑事的人也你不聽得俺盧府威風麼參軍爺待做俺府裡東床引他那裡去看我手中白棍兒麼

（僥僥令）摩娑起手底棍兒打這廝棍兒上有盧字（豪笑）（科）有字怎的（校）明寫着你肉眼迷廝逞搊查強災參軍呵他坦腹乘龍衣金紫好不受用也你有銅斗兒家貲你自家使

（收江南）（豪）呀禁持的李學士沒參差盧太尉甚娘兒

搊搊上去聲

衣去聲

和去声　和去声　使去声

比似俺將你老東床去了也那廝和你家小姐對情

詞（做拔劍科）看劍兒雄雌不甫你一個來一個兒欸（殺妝棍做

怕科）和你耍哩，提刀怎的，難道殺人不償命，看你家金谷園去，管俺們一個醉，（豪）叫胡奴挾李十郎上馬，

（並馬行科）（生）前路相似勝業坊（又行科）（生問云）前面望見曲頭（又行科）（生）將次是霍王府哩（豪）問他怎麼

生私自云怎認得這所在也。

（園林好）似曾相識這花驄和小廝（奴）參軍眼哩，（生）好轉前坊

舊家兒在茲（承相招，可有別路到潭府（豪）徑須從此（生）迤邐驀然來至過

他門甚意兒又（豪）這不妨，坊門多有相似也

（沽美酒）穩着你個鎖鞍韉，花外嘶，又夾着你黑崑崙

海山使，這些時那一個不醉染紅香弄曉飔，是誰家

美人獨自是誰家門巷偏似我呵心知肚知萍水契
相知幾時烟花擔嗟咨怎辭呀比似你逞精神長則
在醉紅鄉逗人閑事（生）天晚小生薄有事故改日奉拜（生作鞭馬欲回）（豪控生袖科）
妝居咫尺忍相弃乎
（尾聲）問你個賞花人有甚麼窮薄事則待拗雙飛撥
馬多回次可也要會人情把似你秀才家性兒使（下）

第五十二齣　劍合珠圓

怨東風（浣上）去〻春難問翠屏人不穩添香侍女費精
神悶〻悶卜筮無憑仙方少驗求神未準自家浣紗便是奉侍
郡主懨〻一病經年又逢春盡多少遊春士女日永風暄只俺家守着病多嬌長似凄風短日料應不久

扶他出來消遣一回

浣請科（旦扶病上）

〔又〕鬼病懨〻損落花風片緊多應無分意中人恨〻恨夢淺難飛魂搖欲墜人扶越困浣紗、俺病症多應不好也、扶我起來怎的（浣）幾季春色凋零今歲名花盛發郡主你消遣些〻兒（旦）浣紗、你看孤鴦側畔千鶯曉病樹前頭萬木春殺咱怎生消遣也

〔山坡羊〕冷清〻遭值這般星運鬧溫〻攪人的方寸虛飄〻躭捱了己身軟咍〻沒個他半韻浣紗呵病的昏悶你個春幾分睡也睡也睡不穩過眼花殘斷頭香盡傷神病在心頭一個人消魂人似風中一片雲

〔又〕（浣）他瘦厓〻香肌消盡昧崇〻眼波窩困怯設〻聲

為夫声

息兒一絲惡丕〻嘔不出心頭悶他脫了神當時画的心猛然間想起今難認一會兒精靈一會兒昏暈花神多則是殘紅送了春東君你早辦名香為反魂

(旦作昏)(科)(鮑上)

(玩仙燈)淑女病留連憔悴煞落花庭院俺鮑四娘數日未知小玉姐病體若何呀原來又睡在此老夫人何在(老旦上)若無少女憑花老為有姮娥怕月沉四娘看俺孩兒病體若何(旦醒科)俺娘不好了也四娘幾時到來

(山桃紅)彩雲輕散好夢難圓是前生姻緣欠又拚了今生命填魂縹緲風裡殘霞你把我火燒埋向星前暮烟多管香早寒玉早塵除却寸靈心還活現也待

當去声

教平声

為去声

濺音蹇

他淚滴成灰、還和他夢裡言、（合衆）（哭科）怨泪洒落花片慳、

慳可怜、等不的薄倖人兒、和你做個長別筵、（老）還有甚話也、

兒、（旦）娘、叫俺道個甚來、特為俺把多才拜拜、

（又）教他看俺當堂一面、半子前緣、叫浣紗、若秋鴻回來、你夫妻好生看覷奶奶、待拜你呵（作跌科）你當了嫡親眷、替俺看他老牽、（鮑）四娘早晚也

來看覷奶奶、當初是你作媒、以後見那薄倖呵、教他好生兒看待、漸人休為

俺把懽情慘然、倘然他念舊情、過墓邊、把碗涼漿濺

也、便死了呵、也做個蝴蝶單飛、向紙錢、（合前）（衆背科）（老）李郎不到、

怎生區処、（鮑）覷他形骸瘦、眉氣尘黃、敢待變症也。

浣）則管昏上來哩、（摩科）（老）李郎好薄倖也、（鮑）小玉姐

好薄命也、（旦醒科）哎、娘、你孩兒好些了、李十郎到來

哩、（老）那討這話來也、兒、（旦）咱待起來、娘、替咱梳洗罷、

興去声

去声

（老）兒久病之人、心神惑亂、且自安息（旦）娘不信呵、四娘扶咱

【尾聲】一邊梳洗不妨眠　聽呵那馬蹄聲則俺心坎兒上打盤旋　浣紗　敢踏着門那人兒來不遠（下）（豪家与生並馬並不同行）

（豪家奴二三人擁扯生馬上）

【不是路】（豪）路轉橋灣、勝業坊西迤逗閒、花如霰、似武陵溪上舊桃丹、驀光闌、你怎生乘興人空返、陡往你花驄去住難（生掩面科）難羞殺俺也　含羞眼、舊家門戶誰曾盼、偷人偷嗔　又

【又】（豪）玉碎香慳、為你怒沖冠、把劍彈、朱門限、幾乎山上更安山（秀才、不是請你到俺家去、是請你到你家去）好傷殘、你騎着咱將

難去声　重平声　應平声下同

軍戰馬平心看，柢多少野艸閒花滿目斑。（生）則怕盧太尉害了人也。（豪）怎生這般畏之如虎。（生）足下不知，小生當初玉門關外參軍，受了劉節鎮之恩，題詩感遇，有不上望京樓之句，因此盧太尉常以此語相挾，說要奏過當今，罪以怨望，所畏一也；又他分付但回顧霍家，先將小玉姐了當，無益有損，所畏二也；白挺子日夜跟隨廝禁，反傷朋友，所畏三也；因此沉吟去就，不狀小生，豈是十分薄倖之人，今日相見，怎生嘴臉也。（豪）結髮夫妻，賠個小心便了，盧太尉俺自有計處，不索驚心。

無危難，把雕鞍勒住，胡奴喚，亂敲門辦。又（奴叩門科）、

（又）（老旦浣紗同上）燕子凋殘王謝，堂中去不還，誰清盼聽重門閉了響銅環。（奴）舊門闌多應是昨夜燈花綮好事臨門，你可也不等閑。（老）（浣）人喧亂，多應客赴金錢宴際門偷看。又（豪衆作擁生馬進門）（豪指生問老云）認得此人否。（花驚哭科）薄情郎何處來也。（豪）且

似上声　勾去声　為去声

下了馬、請小玉姐來對付他。(老)小女沉綿日久、轉側須人、不能自起。(旦作在內云)娘、你孩兒起的來也。

哭相思(鮑扶)(旦上)待飛殘一枕香魂、誰向牕前喚轉。(見科)(豪)鮑四娘在此、小玉姐可認得這秀才。(生見哭科)我的妻、病得這等了。(旦斜視掩面長嘆科)(豪)眞箇可憐人也。

(不是路)看他病倚危闌、似欲墜風花幾陣寒、斜凝盼、眼皮兒也應不似舊時單。小玉姐、俺將薄倖郎交付与你、病到這般呵、命多難。李郎、我聞東方朔先生云、惟酒可以消憂、咱已送金錢辦酒、酒呵、能銷鬱塊忘憂散、只一味(指生)(科)當歸勾七還。俺去也。(生)感足下高義、杯酒為謝、何去之速也。(豪)某非為酒而來。(生)願留姓名、書之不朽。(豪笑云)休也。英雄眼、偶然蘸上你紅絲綻、為誰覊絆。又(豪舉手云)請了。(衆、花邊馬嚼金環去、樓上人回玉筯看。(下)(生)豪士之言有理、將酒來、為小玉姐把一盃。(生送酒与旦)(旦作嘆科)我為女子薄命如斯、君是丈夫、負心若此、

養去声

哏狠同

齡顏穉齒，飲恨而終，慈母在堂，不能供養，綺羅絃管從此永休，徵痛黃泉，皆君所致，李君李君，今當永訣矣。〔旦〕作左手握生臂，擲杯于地，長哭數聲，倒地悶絕科〕〔老〕做扶旦倒于生懷哭云〕憑十郎喚醒也

〔三郎神〕〔生〕韶光去辜負了如花似玉妻，嘆一線功名成甚的，生生的無情似翦，有命如絲，妻呵別的來形模都不似你〔生作扶旦不起科〕〔生〕怎擡的起這一座望夫山石

〔合〕尋思起你恁般捨得欻別生離〔旦作醒科〕

〔又〕〔旦〕昏迷知他何處醉裡夢裡纏博的哏郎君一口氣俺娘呵怕香魂無着甚東風把柳絮扶飛〔生〕是我扶你〔旦〕扶我則甚那生不面欻時偏背了你活現的陰司訴你〔合前〕〔旦唱〕別陽關時節，多少話來，都不提了、

重平声

敎平声



【轉林鶯】（生）陽關去後難提起，画屏無限相思。轉孟門太尉參軍事，勤勞你翦燭裁詩。（旦）詩可到麽？（生）到來。那裡有斷雲重係，都則是風聞不實。（旦）是韋夏卿為媒、崔允明報信，還是風聞。（合）等虛脾只看俺啼紅染遍羅衣。

【又】（旦）盧家少婦直恁美，敎人守到何時？他得了一日是一日，我過了一歲無了一歲。要你兩頭迴避，不如夾一頭伶俐。（生）死則同穴。（旦）誰信你？（合）等虛脾只看俺啼紅染遍羅衣。（旦）賣釵你可知俺家貧了，看釵子不上。（生）說那裡話。

【啄木鸝】釵兒燕不住你頭上棲，那釵腳兒在俺心頭刺。（旦）新人插釵可好？（生）誰曾送玉鏡粧臺從那裡照斜插雙飛

那上声

(旦)釵呵可知新人惱了、賞那釵頭去了、(生)甚麼話、那賣釵人還說的你好哩、說伊家忘舊
把釵兒弃咱堅心不信俏地籠將去(旦)籠去怎麼(合)翠巍ゝ、
許多珍重記取上頭時(生)你病勢定了些ゝ、待咱尋個人兒、作尋科(旦)尋個甚的(生)
鮑三娘賣釵說你又有了一箇後生、(旦)惱科好不羞、那裡有鮑三娘、是王工侯景先哩、甚麼後生、都是你
先坐下俺一個罪名兒
(又)(旦)你為男子不敬妻轉關兒使見識到底你看成甚
的(生)怎又討氣(旦)不如夊他甚的淘閒氣既說我忘舊、取釵還我、(生)要還不難、
(旦)是了、還了咱家、討個明白去他妝奩厭的餘香膩待拋還別上個
新興髻、你還咱也好、(合前)(老)也罷、此事問秋鴻、鴻(上)盧府親事、眞個不曾成
〔啼鶯兒〕那太尉呵籠鶯打翠眞是奇、家主爺呵背東風不願于

音嚜

飛（浣）爺不願怎生不回（鴻）俺爺呵雖有嫌雲妒雨心期他可有立海
飛山權勢正怕觸了那些併累咱府要圖美滿春光保全因此上
受羈棲把風波權避（合）聽因依玉花釵燕他長在袖
中攜（鮑）參軍爺也不念咱舊媒人了（鴻）你家做媒又做牙賣釵人便是你家姐姐（鮑）俺家有許多姐
姐（鴻）都是太尉倒鬼
（又老）他大風要吹倒桐樹枝喜到頭依舊連理（鮑）想起黃衫豪
客也女伴們袖手旁觀英雄拔刀相濟郡主呵顯靈心黃
衫夢奇果應口同諧臥起（合）前（旦）也罷釵可帶來（生）做袖中出釵科（旦）眞個在
你袖中也（旦）拈釵喜科
（玉鶯兒）玉釵紅膩尚依然紅絲繫持磊心情幾樂明

勝平声

禁平声

重平声　差音疵

毰毸音陪雖

琛點顏色片背春翠側鬟兒似飛懶擬時似瘦病懨懨怎插向菱花對(合)事眞奇相看領取還似墜釵時(老)浣紗，取鏡奩脂粉，從新插戴(生作扶旦笑科)看你羸質嬌姿，如不勝致，更覺可人也(旦作插釵顫科)(浣沙溪)(生)正是淺画香膏拂紫綿(老)牡丹花瘦翠雲偏(鮑)手扶釵顫並郎肩(旦)李郎，俺病起心情終是怯，囯來模樣不禁怜(合)今生重似再生緣

(又)(生)燕釵重會與舊人，從新有輝影，差池未漬香泥翅，毰毸尚縈纖惢，壓雲梳半犀，嫋鳳鬟半絲恨呢喃訴不出從頭事，(合前)(老)俺一家兒感的是豪客(旦)似那年元夜會他來

(尾聲)(李郎)夢還眞敢是那黃衫子，病玉腰肢你着意偎(十郎不要又去也)再替俺燒一炷誓盟香，寫向烏絲闌湊尾。

吹去声

薄命迴生得俊雄　感恩積恨兩無窮
今宵剩把銀缸照　猶恐相逢是夢中

## 第五十三齣　節鎮宣恩

【憶多嬌】（上）（韋崔）花事催，酒力微，歌吹風光在水西。他昨夜燈花今夜喜，向朱門報知。又褒封節義吾皇旨。天下多有不平事，世上難遇有心人。俺們生受小玉姐許多錢鈔，到惹起黃衫豪客來，與這段烟花結了公案，眞乃是千家喫酒，一家還錢，事不偶然也。（韋）只一件，十郎既就了霍家，那盧太尉怎肯干休。他輕輕地下手，都成虀粉，却如之奈何。（崔）你不知道那黃衫豪，雖係隱姓埋名，他力量又能暗通宮掖。他近日探得主上因盧府專權，心上也忌他了。他有人在主上前行了一譖，聖上益發忿怒。如今盧府看忙，不暇理論到此事。那黃衫豪隨有人竄掇言官，將小玉姐這段節義上了，又見得盧府强婚之情，蒙主上褒嘉，遣劉節鎮來処分，怕甚麼事。（韋）原來如此，妙哉快哉。我們先去報喜賀喜。

重平声

冠去声

強上声

【長命女前】【老 生 旦 上】春風轉新婚久別重相見【見科】便是崔韋二兄

依然舊客來庭院【崔作笑云】小玉姐不空費了你金錢也劉節鎮奉詔處分來此快備

香案迎接【劉節鎮奉詔書上】加冠進職君臣禮令鏡

還珠夫婦恩聖恩已到跪聽宣讀皇帝詔曰朕惟伉

儷之義未並所輕任俠之風昔賢所重每觀圖史在

意斯人若爾參軍李益冠並文才驚人武略不婚權

豔甚曉夫綱可封集賢殿學士鸞臺侍郎霍小玉怜

才誓死有望夫石不語之心破產回生有懷清臺衞

足之智可封太原郡夫人鄭氏相夫翦桐葉而王擇

壻顯桃夭之女慈而能訓老益幽貞可進封滎陽郡

太夫人盧太尉徒以勢壓郎才強其奠鴈幾乎威逼

人命碎此團鸞空削太尉之銜以申少婦之氣其黄

衣豪客拔釵幽淑女有助綱常擬劍不平人無傷律

令可遙封無名郡公嗚呼凡贊相于王風皆揚名于

白日受茲勅命欽哉謝恩【生衆做謝恩科】

【外】君虞別來久矣紫玉釵一事細說一番

【摧拍】【生】是當年天街上元絳籠紗燈前一面兩下悪

衣去声

為去声

分去声 重平声 當去声

連又幸好淡月梅花拾取釵鈿將去紩系牽紅成就良緣〔合〕今日紫誥皇宣夫和婦永團圓

〔又旦〕梳妝罷春遊翠園人別去觀花上苑他衣錦言旋又怎知他簫歇秦樓唱斷陽關別去鸞儔曾歸到鴛斑〔合前〕

〔又老〕只道他幽懽別怜幾季間未蒙清盼看看的門戶凋殘又為尋訪多情費盡金錢賣到珠釵苦恨難言〔合前〕

〔又鮑〕真乃是前生分定重遇着玉釵雙燕因此上再整雲鬟又也當個再接瓊簫更續斷絃異國香燒倩女

重平声
教平声

魂還【合前】【韋】此豪客之功也

【崔】【又】聞說起有個英雄恨狹路相看不平拔劒【韋】把雌雄重會龍泉又不教你斷了香魂枕畔燈前負了盟言月下花前【合前】

【一撮棹】【衆】離和合嘆此情須問天是多才非薄倖枉埋冤須記取花燈後牡丹前釵頭燕鞋兒夢酒家釵堪留戀情無界業姻緣儘人間諸眷屬看到兩團圓

【尾聲】一般才子會詩篇難遇的是知音宅眷也只為豪士埋名萬古傳

紫玉釵頭恨不磨　黃衣俠客奈情何

ISBN 978-7-5010-7362-7

9 787501 073627 >

定價：100.00圓